DES
CHEMINS DE FER
DE
L'EUROPE CENTRALE,
CONSIDÉRÉS COMME LIGNES STRATÉGIQUES.

PAR A. JARDOT,
Du corps royal d'État-Major, chevalier de la Légion d'Honneur, commandeur de l'ordre d'Isabelle la catholique, membre de plusieurs académies.

BROCHURE IN-8°, AVEC CARTE.

Prix 3 fr. 50 cent.

PARIS,
CHEZ LENEVEU,
RUE DES GRANDS-AUGUSTINS, 18.
GAULTIER-LAGUIONIE,
RUE ET PASSAGE DAUPHINE, 36.
Libraires pour l'art militaire.
1842

DES

CHEMINS DE FER

DE L'EUROPE CENTRALE,

CONSIDÉRÉS COMME LIGNES STRATÉGIQUES.

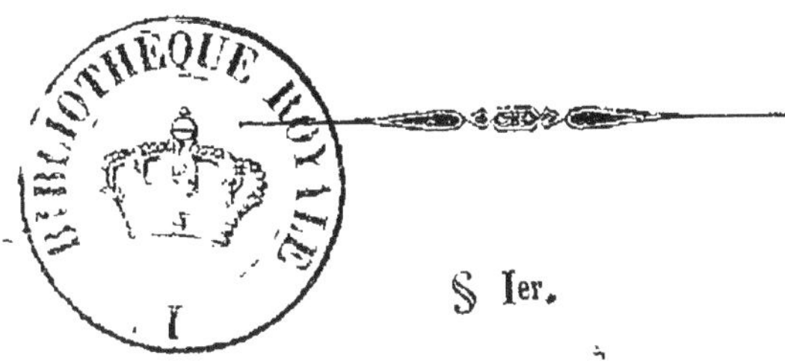

§ Ier.

Considérations générales. — L'invention de la poudre à canon a amené l'accroissement progressif des armées. — Son influence sur les guerres.

On n'en est plus à contester l'importance de l'application de la vapeur comme source de richesse : chacun conçoit que l'avénement de cette nouvelle force ne tardera pas à produire des changements immenses dans toutes les parties du monde civilisé, en facilitant, en multipliant les rapports des peuples entre eux. Les espérances les mieux fondées, mais aussi les illusions les plus chimériques, sont accourues au devant d'elle et ont conçu de son règne les présages les plus flatteurs. Désormais, s'écrient ses ardents panégyristes, toutes les nations du globe confondues dans une même famille, et en contact permanent, ne vont plus ressentir comme mobile de leur activité, que l'aiguillon d'une noble et touchante confraternité. Cette conquête récente de l'esprit humain promet surtout à la terre une paix universelle, en assurant aux passions humaines une diversion qui faisant succéder l'harmonie à la confusion, éloignera à jamais la lutte des hommes entre eux, pour y substituer l'exploitation calme et majestueuse du globe.

De semblables théories formulées à chaque siècle par quelques âmes candides, rêvant la vie terrestre plutôt que la pratiquant, se sont de nos jours réveillées avec plus d'ardeur : de vertueux philantropes, glorifiant la découverte de Watt, ingénieusement appliquée par Fulton, ont fait retentir l'air de bénédictions et d'augures enchanteurs. Cette fois ce n'était plus un instrument de guerre dont l'humanité se voyait fatalement dotée; auxiliaire d'une civilisation pacifique, la vapeur ne pouvait avoir d'autre mission que de multiplier les travaux industriels, en perfectionnant les relations commerciales, de faciliter et d'étendre le rapprochement des individus et des peuples Des pronostics analogues, presque toujours faux, ont accompagné l'apparition de tout ce qui a modifié jusqu'à présent l'existence des sociétés. En chassant l'ignorance, l'imprimerie devait clore à jamais le règne des guerres, prévenir les mésintelligences en dissipant toute erreur. Il nous a fallu, hélas! reconnaître que ce don, comme toute chose de ce monde, n'était pas sans mélange de bien et de mal, et que si l'imagination est prompte à s'exagérer les bienfaits d'une découverte, la réalité qui subit le choc incessant des passions humaines, démontre bientôt que notre nature bornée et imparfaite ne sait rien s'approprier qui n'ait ce double caractère.

L'invention de la poudre à canon a été saluée à son tour d'acclamations diverses. Tandis que les novateurs enthousiastes la préconisaient, les derniers représentants de la *chevalerie* la dédaignant comme une arme destinée aux faibles et aux lâches, la déploraient comme un coup mortel porté à l'état de la guerre. Les hommes les plus éclairés, les plus compétents se sont même égarés jusqu'à partager cette singulière opinion ; Guibert, le savant auteur de l'essai général de tactique, écrivait vers la fin du XVIIIe siècle : « La découverte de la poudre ne perfectionna pas l'art militaire. « Elle ne fit que fournir de nouveaux moyens de destruction et porter le dernier coup à la chevalerie ; institution » que nos siècles de lumières doivent envier à ces temps » d'ignorance! Les armes à feu retardèrent même vraisemblablement le progrès de la tactique, parcequ'alors les armées s'approchèrent moins et qu'il entra encore plus de « hasard et moins de combinaisons dans les batailles (1). » Il est vrai que Guibert abandonne bien vite cette thèse insoutenable, car il ajoute un peu plus loin : « La science de » la guerre moderne comparée avec celle des anciens, est » plus vaste et plus difficile. — Un bon major conduirait » aujourd'hui les manœuvres de Leuctres et de Mantinée, » comme Epaminondas (2).

(1) *Discours préliminaire*, page LIII.
(2) *Discours préliminaire*, page LXIV

Il est plus difficile qu'on ne pense de détruire des erreurs enracinées dans les croyances des peuples, d'accréditer des opinions nouvelles, même avec l'appui des faits. N'entendons-nous pas encore de nos jours répéter sous toutes les formes, que l'invention de la poudre à canon a rendu les guerres moins terribles en diminuant les cas de luttes corps à corps. Que d'arguments échafaudés pour soutenir cet étrange paradoxe! On nous pardonnera, avant d'aller plus loin, de présenter à ce sujet une courte et utile digression. L'étude impartiale du passé devant éclairer nos pas vers l'avenir, l'examen rationnel des faits antérieurs vaut bien, ce nous semble, les prédictions déclamatoires et creuses de nos économistes philantropes modernes.

Si nous remontons à la source des événements, nous apercevons bientôt qu'il faut demander à d'autres causes qu'à des inventions matérielles, le secret de certaines modifications introduites dans la vie militaire des peuples. L'emploi de la poudre à canon n'a point détérioré l'art de la guerre ainsi que l'ont pronostiqué les contemporains de cette innovation; elle n'a pas davantage rendu les guerres moins désastreuses, comme affectent de le croire de nos jours quelques esprits superficiels. Reprenons successivement chacun de ces jugements et opposons-leur l'autorité des faits.

Deux choses frappent particulièrement l'observateur qui étudie la loi de développement des institutions militaires. Sans remonter aux temps anciens, à des époques où les sociétés constituées en oligarchie, n'avaient en général, d'autres armées que des corps alimentés et entretenus à leurs frais par les classes supérieures, fait fondamental qui apparait chez les Grecs sous Xénophon, chez les Romains, avant

Marius(1) et parmi nos ancêtres jusqu'au règne de Charles VII, examinons les changements introduits chez nous depuis le XVIe siècle. Malgré la défaveur attachée au nouveau mode de combattre, malgré les plaintes et les doléances de la classe noble, investie jusqu'alors du privilége de défendre le sol, malgré la répugnance des familles aristocratiques pour des innovations qu'elles regardaient comme le signal de la décadence des vertus guerrières et qui faisait dire à Lanoue : *ce qui a abâtardi notre infanterie, c'est que les nobles s'en sont retirés et ont dédaigné non-seulement d'y porter l'arquebuse et la pique, mais encore d'y prendre charge*, nous voyons les armées suivre néanmoins une progression ascendante, quant au nombre, quant à l'intensité des combats et surtout quant aux dépenses affectées à leur entretien. Les chiffres se pressent sous notre plume, et confirment nos assertions, en renversant la manière de voir des derniers héros de la chevalerie brusquement froissés par un changement qu'ils n'ont ni prévu ni étudié, et en combattant les illusions et les regrets de ceux qui, entretenus dans le culte de traditions chaque jour plus épuisées, ne peuvent se résigner à voir changer les termes d'une science qui leur a tant coûté à acquérir. Ce ne sont pas seulement les contemporains Lanoue, Brantôme et Montluc qui, au spectacle de la disparition des anciennes formes, présagent la chute complète de l'esprit militaire ; à un siècle et demi de là, l'auteur de l'*Essai* sur la tactique ne comprend pas mieux la marche du temps.

(1) La solde fut établie, pour la première fois, un peu avant la prise de Rome par les Gaulois. Ce fut Marius qui viola, le premier, les ordonnances sur la milice romaine, en accueillant dans l'armée les pauvres et les esclaves.

Profond commentateur de l'art militaire des anciens, il ne sait qu'exhaler sa mauvaise humeur contre les tendances de son époque! « Les armées sont devenues trop nom-» breuses, dit-il, l'artillerie et les troupes légères se multi-» plient trop ; les frontières des états sont mal à propos hé-» rissées de places sur deux et sur trois lignes ; les places » sont inutilement surchargées de pièces de fortifications ; » les armées devenues immenses, tant par l'augmentation » des combattants que par les attirails et les embarras qu'elles » traînent à leur suite, sont difficiles à mouvoir. »

Homme d'un mérite éminent, mais cultivant *l'art pour l'art*, Guibert ne voit dans les guerres, qu'un fait isolé, susceptible de se manifester en dehors des autres progrès de la nation, et se borne à en fixer les règles en ces termes : « La » science de la guerre, en se perfectionnant, en se rappro-» chant des véritables principes, pourrait devenir plus sim-» ple et moins difficile. Alors les armées mieux constituées et » plus manœuvrières seraient moins nombreuses (2). » Ce n'est pas que son œil pénétrant ne sache saisir ce qui doit un jour assurer la victoire. « Les armées ainsi constituées, » seraient plus faciles à régler et à conduire. On quitterait » cette manière étroite et routinière qui entrave et rapetisse » les opérations ; on ferait des marches forcées ; on serait » moins souvent sur la défensive (3). » Si son instinct lui fait pressentir le but à atteindre, son intelligence est trop peu ouverte aux idées générales pour deviner les véritables moyens qui amèneront ce résultat. Tandis qu'il ne songe qu'à diminuer les armées pour les rendre légères, la science

(1) *Discours préliminaire*, page LXV.
(2) *Id.* p. LXVI.
(3) *Id.* p. LXVII.

et la richesse des peuples travailleront à perfectionner les voies de circulation et à introduire dans l'art militaire un élément de plus, au lieu de le faire rétrograder vers les méthodes anciennes. C'est toujours par un progrès nouveau que les peuples parviennent à éluder ce qui leur semble une difficulté !

Faut-il s'étonner, après cela, que tant de gens mal renseignés, égarés par un élan généreux de leur cœur, tirent de l'histoire de si singulières interprétations et se hâtent de nier ou de dénaturer ce qu'ils n'ont pu ou su éclaircir. Ce qu'il y a de plus étonnant, c'est que depuis que Napoléon, exécuteur testamentaire de la mission militaire de la republique, est venu sous nos yeux bouleverser toutes les idées reçues, quant à la nature des guerres, on ne cesse de rencontrer des esprits graves qui affirment que le règne de la guerre, ébranlé par l'invention de la poudre à canon, va recevoir de nos jours les derniers coups, de nos institutions politiques et commerciales. Rien ne peut détruire en eux ces espérances systématiques, ni les leçons de l'histoire, ni même l'examen le plus superficiel de notre état social. Sans doute, on pourrait demander à ces optimistes quels symptômes leur présage cette période décroissante du règne de la violence matérielle? Si le nombre toujours croissant des combattants, si la fureur des guerres, sinon leur durée, si les sacrifices pécuniaires énormes que les peuples, quelle que soit la forme des gouvernements, s'impose pour assurer la suprématie de leur nationalité, venger des griefs reels ou prétendus, satisfaire une rivalité d'amour-propre ou commerciale, ne témoignant pas au contraire que ce mal est comme inhérent à l'organisation humaine, puisque la vie patriarchale, la sagesse des lois anciennes, le frein puissant de notre religion, toutes les institutions enfin, n'ont pu jusqu'à présent en réprimer l'essor, et que toutes nos conquêtes morales se sont bornées à en régulariser la marche, à lui donner en quelque sorte une existence sociale ?

Pour mettre la crédulité publique en garde contre tant d'illusions dont la candeur n'empêche pas le danger, nous allons exposer sous les yeux de nos lecteurs quelques documents statistiques. Quant à l'extinction de l'esprit militaire, jugée d'après la diminution de l'effectif des armées, nous dirons d'abord que l'armée française régulière était à la mort d'Henry IV de 37,000 hommes levés en grande partie chez l'étranger; qu'à la fin du règne de Louis XIII (1642). elle était de 80,000 hommes ; que Louis XIV la porta jusqu'à 446,000 hommes (1); que sous la République elle atteignit, sur un effectif de 1,169,000, le chiffre de 749,000 combattants, et que l'Empire avait sous les armes, au mois d'août 1813, 680,211 soldats. Parlerai-je des guerres longues et désastreuses de Louis XIV, qui épuisèrent son peuple et ruinèrent ses finances. L'histoire n'apprend elle pas que les dix campagnes qui remplirent la guerre de 1638, et les douze de celle de 1701, coûtèrent à son trésor des sommes équivalentes à quatre milliards de notre monnaie actuelle, lorsque le revenu annuel de l'État s'élevait à peine à 170 millions de francs ! Lors même que les lamentations énergiques, quoique respectueuses, consignées dans le testament politique de Colbert, ne viendraient point attester à quel prix la gloire du grand Roi était acquise, ne verrions-nous pas dans les instructions remises à son lit de mort au Dauphin, dans ce cri d'une conscience troublée qui s'accuse d'*avoir trop aimé la guerre*, et d'avoir *trop sacrifié son peuple*

(1) *Dictionnaire de l'armée de terre*, par le général Bardin.

à cette fatale passion, des preuves de l'épuisement d'une nation qui se vengea cruellement en invectivant les cendres de celui qu'elle avait entouré longtemps d'un culte presque superstitieux.

Des commotions, des convulsions aussi terribles ne peuvent, il est vrai, se succéder sans interruption dans la vie des peuples. Des repos, plus ou moins prolongés, leur sont accordés, et pour voir l'expansion militaire renaître en France plus énergique, il faut arriver aux guerres de la république et de l'empire, qui éclatent à moins d'un siècle d'intervalle de la mort de Louis XIV. Trente-deux levées d'hommes, décrétées depuis janvier 91, jusqu'en novembre 1813, appellent sous les armes 3,616,600 hommes. Si de ce chiffre total on déduit 700,000 hommes présents sous les drapeaux à la fin de 1813, et environ 200,000 congédiés valides (supposition fort large), on trouvera que la mort, les maladies, les mutilations de toute nature, ont moissonné, dans un laps de temps de 22 ans, plus de 2,700,000 hommes, ce qui, par an, donne une moyenne d'environ 120,000 hommes.

La multiplication progressive de l'artillerie suffirait seule pour expliquer une consommation d'hommes toujours croissante. Henri IV ne possédait que 400 bouches à feu; il s'en trouvait déjà dans nos arsenaux 7,192 à la mort de Louis XIV, le 1er septembre 1715; le nombre en fut porté sous Louis XV à 8,683; à 10,007 sous Louis XVI, et alla jusqu'à atteindre le chiffre colossal de 27,976 à la fin de l'empire, en 1813 (1). Guibert signale cette tendance déjà inquiétante de son temps : « Depuis la guerre de succession, dit-il, on n'avait

(1) *Force et faiblesse militaire de la France.* (Paixhans.)

» pas vu tant d'armées en campagne, et réunies contre un » seul prince.—On vit dans cette guerre la quantité d'ar- » tillerie s'accroître jusqu'à l'immensité. Les Russes en » traînaient avec eux jusqu'à 600 pièces; le roi de Prusse et » les Autrichiens jusqu'à 3 ou 400 (1). »

Les renseignements fournis par les statistiques anglaises, ne sont pas moins explicites. Sur les 127 ans écoulés entre les deux révolutions de 1688 et 1815, on compte 65 ans de guerre entre la France et l'Angleterre, lesquelles ont coûté à cette dernière 72,535 millions de francs (2). Vu l'insuffisance des impôts qui n'ont rendu que 51,725 millions, il a fallu recourir à des emprunts : aussi la dette de l'Angleterre, à la fin de la guerre, montait en 1815 à 26,250 millions. Sa consommation en hommes, sur les champs de bataille, ou des suites de ses campagnes, s'est élevée, durant ce laps de temps de 127 ans, 1,530,000 hommes. La dernière guerre de 1795 à 1815 a absorbé à elle seule 200,000 hommes, et 25 milliards de francs (3). Il est superflu, je pense, de rappeler l'impôt de guerre prélevé sur la France, après nos désastres de 1815, qu'il suffise de savoir que les emprunts, contractés pendant les trois premières années de la restauration, et destinés, en grande partie, au rachat de notre sol, des mains de l'étranger, ont constitué l'état en débet de 67,408,688 francs de rente.

C'est pourtant en présence de ces résultats, qui en grande partie constituent notre histoire contemporaine, qu'on vient annoncer que l'humanité tend à s'affranchir de cette dette

(1) *Discours préliminaire*, page LX.
(2) *Moniteur*, 13 mars 1841.
(3) *London Dispacth*, 1840.

mystérieuse de destruction, que les générations se sont léguées jusqu'à nos jours, régulièrement d'âge en âge. Tout meurtris de secousses qui nous font illusion sur nos progrès en idées politiques, dominés par nos souvenirs, nous nous flattons d'extirper de nos sociétés modernes un mal invétéré, et de voir l'activité paisible d'un nouvel âge d'or succéder aux sanglantes manifestations de la vie militaire. Ah! loin de moi le désir coupable de retarder l'avénement d'une politique qui, assise sur les sentiments les plus purs du cœur humain, assurerait au culte de la paix toute la ferveur des temps anciens pour la guerre. Notre siècle, qui a ressenti tous les genres d'ambition, peut aussi prétendre introniser des vertus ignorées de nos aïeux, et lors même qu'un but excéderait nos forces, c'est un tableau consolant qu'il est parfois utile de mettre sous les yeux des nations, afin d'endormir leurs souffrances par la promesse d'un remède salutaire. Loin donc de chercher à décourager ces missionnaires qui s'appliquent à prêcher des croisades pacifiques, nous admirons leur confiance dans de magnifiques théories, et respectant leurs convictions, lorsqu'elles ne portent point le caractère d'un charlatanisme dangereux, nous nous associons de grand cœur à ces enseignements de la morale, qui préfèrent assigner pour mobile à la vie humaine, la *création*, la *reproduction*, plutôt que des luttes fratricides, des scènes de destruction et de carnage.

Toutefois, si, dociles à la voix de l'imagination, nous embellissons notre avenir des rêves les moins contestables en vue de la prospérité publique, notre jugement, éclairé par l'étude réfléchie du passé nous impose de sages réserves et nous fait un devoir de ne point sortir prématurément des conditions d'existence qui nous ont été départies. Sans doute, l'esprit de sociabilité fait chaque jour d'importantes conquêtes dans le monde: chaque jour les mœurs moins grossières, révèlent dans le cœur des hommes des sentiments de bienveillance réciproque; est-ce là cependant un symptôme assez rassurant pour en conclure le présage de la fin prochaine des luttes nationales, ou seulement des guerres civiles? Nous ne voulons pas trop affaiblir les couleurs d'un tableau riant; mais la prévoyance qui, elle aussi, a son siége dans l'esprit des hommes, n'a-t-elle pas ses droits! suffira-t-il de rêves enfantés par l'imagination et caressés par la conscience d'hommes de bien, pour donner le change aux idées et substituer à la vie pratique mêlée de beaucoup de misères et d'un peu de bonheur, des théories dont la réalisation contrariée n'entraîne que trop souvent le découragement et le désespoir, comme la lecture d'un roman dépose dans un cerveau faible un germe de poison qui, en se développant, désenchante de la vie et pousse au suicide.

La providence n'a pas voulu sans doute que les sociétés élaborassent péniblement leur destinée pour modifier brusquement et au profit de notre génération, hier encore livrée aux horreurs de la vie barbare, des plans mystérieux. De fausses et inexactes appréciations ne changent pas la nature des relations sociales qui nous sont imposées: laissons donc nos économistes érigés en publicistes, prophétiser la disparition prochaine de la guerre et annoncer sa marche décroissante depuis l'invention de la poudre à canon par eux. En faisant revivre au sein des familles tant de douloureux souvenirs, l'inflexible histoire démontre que rien n'est plus fautif qu'une telle assertion; que tout récemment encore, à quelques années de distance de nous, une lutte, à nulle autre semblable, a pendant vingt ans ensanglanté l'Europe entière : que les passions des peuples, les vices des gouvernements et le génie d'un homme se sont coalisés pour semer des milliers de cadavres sur une foule de champs de bataille. Qui pourrait oublier sitôt tant de combats meurtriers où la gloire du vainqueur a souvent été baignée d'autant de sang que la défaite du vaincu!

Bénissons notre destinée qui fait jouir notre génération de ce moment de calme qui suit et précède les grandes crises! n'allons pas jusqu'à en faire un hommage à notre fragile raison, qui demain peut-être nous laissera choir dans les mêmes excès, lorsque nos passions soulevées de nouveau, se dresseront énergiques et indociles.

§ II.

Influence des chemins de fer sur la stratégie. — Transformation des règles de la guerre.

Ce que les philantropes ont dit de l'invention de la poudre à canon, les économistes modernes commencent à le répéter au sujet des chemins de fer. Auxiliaires d'une civilisation toute pacifique, ces récentes conquêtes du génie de l'homme achèveront disent-ils, de détruire le règne de la violence : multipliant dans l'avenir à l'infini les relations des hommes entr'eux, ils effaceront les nationalités en abrégeant les distances, et étoufferont sous le poids des intérêts matériels grandis et rendus profitables à l'humanité entière, tous les germes de dissentions, les ambitions étroites ou mauvaises des gouvernants. Assurément aucun programme n'est plus capable de séduire les peuples en prêtant à ces rêveries poétiques un souffle de moralité et de majesté.

Hâtons-nous de le dire, afin de ne point encourir le reproche de *rétrogrades*, les chemins de fer assureront aux peuples, du moins nous l'espérons, des moyens nouveaux et plus parfaits pour accomplir leur mission providentielle. Riches de bienfaits, mais aussi cause de bien des maux, leur apparition sur la terre, en signalant une ère nouvelle, sera tour à tour l'objet des clameurs ignares des uns, de l'enthousiasme irréfléchi des autres, de l'étonnement de tous; puissant mode de création de richesses par suite de la rapidité imprimée à la circulation, ils donneront au commerce un nouvel essor en agrandissant le domaine de l'industrie, en lui promettant le globe entier pour débouchés. L'intelligence, l'activité humaines ne furent jamais conviées à un but si majestueux, si imposant. Maîtres absolus cette fois de toute la surface de la terre, nous pourrons avec la rapidité du désir, sans autre obstacle que la fragilité de notre organisation physique, franchir toutes les latitudes, parcourir et interroger toutes les zônes. Quel mobile plus grandiose pourrait émouvoir l'imagination de l'homme!

Mais tant de bienfaits que l'espérance nous fait entrevoir n'entraîneront-ils pas à leur suite de funestes compensations? Pourquoi les inventions présentes et futures seraient-elles seules affranchies de ce triste cortége du mal qui accompagne tout ce qui est sorti de nos mains et lui imprime le sceau de notre imperfection? Par quel étrange privilége cesserions-nous d'être tributaires de ce qui a pesé de tout temps sur les générations qui nous ont précédées? Craint-on que le découragement ne succède à l'exaltation et qu'après avoir reconnu les conditions sévères, souvent pénibles de notre existence, nous ne nous laissions aller à une tristesse, prélude de l'apathie ou du désespoir? Pleins d'une religieuse confiance dans l'avenir, aussi éloignés d'orgueilleuses prétentions qu'incapables de blasphémer contre les merveilleuses conquêtes du génie humain, il serait plus sage d'envisager les découvertes humaines, comme des instruments de civilisation qui ont leur gloire et leurs dangers, comme des lumières qui vivifient et dévorent. C'est par des veilles qui épuisent sa santé que l'homme s'initie à la science : les sociétés aussi achètent à un prix souvent exorbitant, le droit d'être fiers de leur existence, et ce n'est jamais impunément qu'elles essaient un chemin nouveau pour s'avancer un peu plus dans la connaissance des lois mystérieuses qui les régissent.

Reconnaissons-le donc, l'esprit de l'homme fait marcher parallèlement la double manifestation de sa vie : en même temps que la science invente de nouveaux moyens de conservation, de bien-être, elle place à côté des agents plus perfectionnés de destruction qui trop souvent allument et séduisent nos passions plus que des besoins pacifiques ne déterminent nos mouvements. L'étude des guerres, depuis l'introduction de la poudre à canon, prouve péremptoirement que si l'on a entouré la vie du soldat de quelques améliorations; si l'on a témoigné pour sa santé plus de sollicitude, par le choix et la qualité de ses vêtements, de sa nourriture et par les soins qu'il trouve dans de vastes hôpitaux admirablement dirigés, le génie de la destruction s'est emparé aussi rapidement de tout ce qui était de nature à le seconder. Le perfectionnement des routes, conséquence de la richesse d'un peuple, a eu surtout pour résultat d'accroître les armées belligérantes, de favoriser leur concentration, en facilitant leur approvisionnement, de multiplier le jeu meurtrier de l'artillerie, en aidant à sa circulation. Les opérations stratégiques, depuis le XVIe siècle, ont toutes montré cette tendance qui aboutira un jour au triomphe absolu de la loi de l'*unité d'action*. Les hommes de guerre s'appliquaient instinctivement à mettre déjà, ces règles en pratique, lorsque Napoléon, les érigeant en principe, est venu, par leur application raisonnée, gagner maintes victoires et dicter des lois à une partie de l'Europe, jusqu'à ce que ses adversaires, en lui dérobant son secret, aient su à leur tour fixer en leur faveur le sort des armes.

L'invasion des Pays-Bas, celle de la Franche-Comté par Louis XIV, sont comme les préludes de ces pointes audacieuses et gigantesques qui portèrent rapidement l'empereur du camp de Boulogne sous les murs d'Ulm, aux portes des capitales de Prusse, d'Autriche et au-delà des Alpes, dans les plaines de la Lombardie. Malgré les raisonnements de tant d'écrivains qui, scrupuleux observateurs des traditions, ont prétendu rattacher à une expression uniforme les règles d'une science, essentiellement mobile, puisque tout concourt à sa perpétuelle modification, les généraux habiles appelés à diriger des guerres se sont montrés jusqu'à présent plus préoccupés du but que des moyens, plus désireux d'un résultat favorable qu'empressés de conquérir les suffrages du tribunal de l'art. Novateurs entraînés par une lueur de génie, ou mus par des réflexions profondes, tous ont marché vers l'élargissement des principes et ont rencontré, pour les absoudre du jugement des *casuistes*, la victoire et l'admiration des peuples.

Au lieu de chercher dans les chemins de fer l'application exagérée des idées de quelques âmes candides, ne serait-il pas, à notre tour, plus logique d'y découvrir des propriétés qui, servant avec plus de promptitude et d'efficacité les nécessités d'une politique forcément aggressive ou énergiquement défensive, exerceront désormais sur la conduite des guerres une immense influence? Avant d'affirmer, avec une confiance d'autant plus extraordinaire qu'elle ne repose sur aucune preuve, sur aucune déduction historique, que les perfectionnements apportés aux moyens de circulation, par l'usage de la vapeur, apaiseront toutes rivalités entre les peuples, comme si la cupidité, éveillée par les appétits matériels, n'était pas la source de désordres aussi graves que la soif de la gloire ou l'intolérance religieuse; avant de laisser l'imagination s'égarer dans un champ inconnu, ne serait-il pas plus prudent, pour une nation qui, non-seulement a un avenir à conquérir, mais aussi un passé et un présent à faire respecter et à défendre, d'étudier avec calme le nouveau prétendant qui aspire à régner et à régénérer le vieux monde. Nous voulons bien appartenir par la pensée, par une rêverie consolante, à cette association majestueuse, à cette touchante et féconde fraternité des siècles futurs; il faut auparavant, afin d'obéir à un devoir sacré chez tous les peuples, mettre en harmonie notre veille et notre lendemain, et ne quitter notre antique édifice national qu'après l'achèvement du nouveau, après surtout que la prévoyance, en y ajoutant la sécurité, aura mieux fait comprendre les lois de la prospérité, d'un bien-être progressif.

Laissant à d'autres la mission, belle assurément, de poétiser l'avenir, d'appeler les peuples à cette perfection de mécanisme social qui brisera, comme inutile, un des moyens de discipline et de salut les plus énergiques, les plus essentiels des sociétés anciennes, nous aussi, nous allons essayer de lire dans ce lointain avenir. Moins audacieux pourtant dans cette course aventureuse que tant d'hommes même supérieurs, un peu trop prompts à conclure, nous procéderons avec plus de réserve, peut-être dès-lors avec plus de succès. Arrêtés à chaque instant par le besoin d'éclairer une route inconnue, par les leçons de l'expérience, nous aurons les yeux constamment fixés derrière nous, afin de ne point trop errer dans nos appréciations du caractère des mouvements militaires de l'avenir.

Des esprits étroits ou égarés dans les profondeurs d'études spéciales pourraient seuls méconnaître l'importance des chemins de fer, dans la conduite et la direction des guerres futures. Toutefois, cette conquête nouvelle qui doit porter l'industrie à un si haut degré de perfection, ne sera point, ainsi que l'avancent certains panégyristes, un obstacle à des collisions armées : l'art de la guerre s'en emparera bien plutôt pour opérer dans sa sphère des modifications que nous appellerions une révolution, si déjà elles n'étaient indiquées par les essais plus ou moins heureux, introduits précédemment, surtout durant la période de l'empire, où le génie de Napoléon sut pressentir la portée de pareilles améliorations, en cherchant à y suppléer. Les chemins de fer, instruments de guerre, non moins qu'agents pacifiques, se recommandent donc, à ce double titre, aux yeux des observateurs intelligents qui, au lieu de s'absorber dans la contemplation d'une des faces de la question, les embrassent toutes d'un point de vue élevé. De même que l'invention de la poudre a eu pour conséquence de multiplier, dans une progression quelque peu effrayante, depuis un demi-siècle surtout, la force numérique des armées, l'introduction des raills-ways sur nos routes, imprimera aux mouvements de troupes plus de rapidité, ce qui conduira naturellement à accroître leur concentration. La stratégie, de partielle qu'elle a été dans l'origine, de timidement générale, telle que la pratiquait l'Empereur, va s'élever à un caractère d'unité sinon de simplification, qui subalternisera une partie de la science pour en rehausser une autre. La connaissance et le choix des positions pour attendre l'ennemi ou livrer une bataille, passera dans l'esprit du général en chef, après l'appréciation exacte de l'état de ses ressources, des moyens de communication existant entre les diverses parties d'un échiquier démesurément agrandi.

L'étude des anciennes guerres nous montre la marche des convois, les bagages, embarrassant toujours les opérations militaires proprement dites Soumis à une véritable tutèle, les généraux redoutent de donner essor à leurs inspirations. L'Empereur lui-même, trompé dans ses prévisions, déplore quelquefois, comme à Dresde, un manque de munitions qui fait échouer ses combinaisons, en le forçant à une retraite prématurée ; tandis qu'ailleurs, dévorant l'espace, il est réduit à faire transporter, à de grandes distances, sur de méchants charriots, des divisions entières, afin d'obtenir, par de tels moyens, souvent inhumains, la victoire sur plusieurs points à la fois. La prévoyance de l'administration, servie par des instruments plus perfectionnés, permettra, dans la suite, au génie de l'homme de guerre, d'étendre le champ de ses opérations, sans cesser d'être fort partout. N'ayant plus à redouter l'encombrement des hôpitaux, après des marches forcées, un général en chef pourra s'avancer résolument au-devant de l'ennemi, ou lui disputer chèrement une position ou un passage, sans ruiner un pays par le séjour prolongé de ses troupes, sans craindre de voir ses calculs déjoués par des retards que tant de causes peuvent engendrer, et surtout sans qu'un épuisement prématuré ait affaibli son effectif. De semblables opérations, que la suite rendra vulgaires, sont en germes dans la tactique de l'Empereur : ainsi que Frédéric l'avait fait en 1756, alors qu'il avait à lutter contre une puissante coalition, on le voit déjà adopter constamment une forme plus ou moins circulaire pour le front de bandière des différents corps d'armée qu'il commande, ce qui offre le précieux avantage au général en chef placé au centre, de lui fournir les moyens de faire parvenir des ordres sur tous les points en même temps, et de rassembler, le plus promptement possible, toutes ses forces sur le point qu'il désire. C'est par de tels principes de stratégie que les armées françaises s'avanturent au loin en Allemagne et en Italie, et qu'elles brisent toutes les entraves que les préceptes de Lloyd avaient mises aux mouvements des armées, en les enchaînant par leurs convois à leur base d'opération.

On regrette, il est vrai, que d'immenses résultats n'aient été obtenus parfois qu'aux dépens des droits de l'humanité, et que le pouvoir du chef de l'État ait dû couvrir souvent de son égide les hardiesses, les témérités trop peu philantropiques du général. L'impossibilité d'agir différemment, sans compromettre le succès, a été la cause de ces prétendues fautes, que de sévères critiques ont cru devoir reprocher à l'Empereur. Beaucoup plus avancé dans ses conceptions que ne le comportait l'état de ses ressources et de ses moyens d'approvisionnement, il faisait de gigantesques efforts pour introduire un nouveau genre de guerre, qui pourtant ne devait se naturaliser et arriver à son perfectionnement qu'après les améliorations apportées aux voies de circulation par la vapeur. Tandis qu'on le voyait avec surprise s'affranchir des règles tracées par les maîtres de l'art, il n'était à vrai dire que le précurseur d'une nouvelle science qu'il entrevoyait sans pouvoir néanmoins la formuler, puisque l'invention qu'il appelait instinctivement ne lui était point révélée.

Une autre application de son système a été le décroissement de la faveur accordée avant lui aux places fortes. Sans les proscrire entièrement, comme certains écrivains imprudents l'ont conseillé depuis, l'Empereur était conduit naturellement, chaque jour, à ne pas s'embarrasser d'*un grain de sable* qui obstruait sa route, et se contentait de bloquer une ville avec des forces souvent inférieures à celles que contenait la place (1). Les officiers les plus distingués de l'arme du génie n'ont point tardé à reconnaître une modification qui atteignait si directement leur art. Voici ce qu'en 1824 écrivait l'un d'eux :

« L'expérience de trente ans a prouvé qu'en Allemagne, » en Italie, en France et en Espagne, les places de guerre » étaient devenues des barrières impuissantes pour arrêter » les armées d'invasion, d'après leur force et leur organisa- » tion actuelle, ou pour s'opposer à leur retraite (2). — Des » places de guerre, ne fussent-elles éloignées que de huit » lieues, ne peuvent plus empêcher les grands convois de » munitions de passer entre elles, et, par conséquent, les » grandes armées de pénétrer dans le cœur des états. — » Elles offrent néanmoins tous les avantages défensifs dési- » rables, lorsque étant très-fortes, elles renferment tous les » magasins nécessaires pour ravitailler l'armée, et qu'elles » se rattachent à des fortifications naturelles pouvant for- » mer *de vastes enceintes fortifiées* (3). »

(1) En 1800, on a vu un corps français de 9 à 10,000 hommes en bloquer dans *Ulm* un de 12 à 13,000 qui, dans toutes ses sorties faites sous le canon de la place, fut toujours repoussé sans avoir obtenu de succès. (*Considérations sur la défense des Etats*, Avant-Propos, p. 20. — Le général, Cte de Lambel, 1824.)

(2) *Id.* p. 68.

(3) *Id.* p. 20.

M. le général Rogniat, doué d'un esprit trop pénétrant pour ne pas apercevoir les changements survenus dans l'organisation des armées, ayant une âme trop élevée pour opposer des plaintes impuissantes à des objections que la variété et la profondeur de ses connaissances lui démontraient sans réfutation possible, a indiqué quelques moyens qui rendraient aux places fortes une partie de leur influence. Il propose (1) d'établir sur une frontière ouverte de cent lieues, seulement cinq ou six places, à vingt lieues les unes des autres. Elles occuperaient les nœuds des principales routes, et surtout les deux rives des fleuves, quelle que soit leur direction, afin de faciliter les mouvements des armées. Elles seraient *grandes*, pour qu'elles puissent subvenir aux besoins de nos armées belligérantes, s'élevant souvent à plus de 100,000 hommes : autour de chacune, il y aurait un camp retranché, capable de contenir 50 à 100,000 hommes. —Loin d'avoir vieilli, ces règles, tracées il y a plus de vingt ans, acquerront chaque jour plus d'autorité. Subsituez par la pensée les chemins de fer aux principales routes; ménagez-vous la possibilité d'une plus prompte et plus nombreuse concentration de troupes; c'est là tout le secret de la science militaire dans l'avenir.

Il n'entre point dans nos vues de nous lancer étourdiment dans le champ des conjectures, de supputer minutieusement les graves modifications que l'application stratégique des lignes de fer introduiront infailliblement dans l'art de la guerre. Le rôle d'augure est au-dessus de nos faibles facultés, et celui de charlatan est trop vulgaire pour tenter notre

(1) *Considérations sur l'Art de la guerre*, par le général Rogniat, 1819.

amour propre. Les changements que nous avons pressentis et que nous venons de signaler, sont moins le résultat d'une appréciation instinctive, que le corollaire rationnel de ce que nous avons vu pratiquer jusqu'à nous. La réunion d'armées nombreuses, avons nous dit, a été antérieurement le résultat naturel de l'accroissement de la fortune publique, comme leur prompte agglomération sur des points importants, pour l'exécution d'un plan général ou d'une opération secondaire, a suivi le perfectionnement des voies de communication Le sillonnement de toute l'Europe par un système général de chemins de fer ne fera que hâter encore davantage le développement de ces tendances, puisque ses effets immédiats, certains, seront à la fois une viabilité, parfaite sous le rapport de la rapidité, de la commodité, et une source d'extension pour les revenus publics. L'histoire nous montre, sans la moindre exception, l'effectif des armées s'élever progressivement, selon les ressources du trésor, depuis l'institution misérable des *condottieri* jusqu'au système des subsides accordés par Louis XIV. De nos jours, nous avons les levées en masse de la démocratie armée, et les formidables coalitions recrutées et soldées par l'or de l'Angleterre Ainsi, une mobilité toujours plus grande, la facilité de traîner avec soi des instruments de guerre de plus en plus nombreux, depuis l'invention de la poudre à canon, ont constamment donné aux guerres un caractère aussi meurtrier, mais pourtant chaque jour moins prolongées.

Il nous importe peu de rechercher ce que l'art, proprement dit, a pu gagner ou perdre au milieu de tant de métamorphoses. Ces appréciations stériles, oiseuses, qui, au lieu de procéder des faits, essentiellement changeants de leur nature, se tiennent renfermées dans une sphère d'idées spéculatives, constituent une science morte qui, après avoir péniblement groupé et rassemblé des principes et des règles, déplore presque aussitôt leur infraction. Nous ne nierons pas qu'envisagés d'une certaine manière, des symptômes de décadence, c'est-à-dire la négligence des règles consacrées, ne puissent être observés dans l'art militaire : seulement nous prévoyons qu'il surgira, pour réparer cette lacune, des combinaisons nouvelles plus puissantes qui, puisant des éléments de succès dans les prodigieuses ressources matérielles, accumulées par l'activité laborieuse des nations, ajouteront aux conceptions du génie une possibilité plus grande de réalisation. Dans l'application des chemins de fer aux mouvements des armées, bien des espérances sans doute seront trompées; bien des déceptions viendront déranger les calculs les mieux établis. Cependant le génie de l'homme manquerait à sa mission, si, négligeant d'utiliser, pour la défense des intérêts nationaux, les découvertes qui enrichissent les individus, il laissait dans un délaissement fatal un moyen plus sûr pour faire accepter sa supériorité ou défendre ses droits.

§ III.

Des chemins de fer considérés comme moyens d'attaque ou de défense.—Indication des systèmes de rails-ways de l'Allemagne, de la Belgique et de l'Angleterre.

Un autre résultat non moins curieux de notre civilisation et qui donne un démenti de plus aux assertions des publicistes qui annoncent au genre humain la prochaine pacification de la terre, c'est que l'esprit de l'homme semble se montrer plus fertile pour inventer des moyens de porter la guerre chez ses voisins que pour la repousser chez soi : en un mot, la marche du temps démontre la supériorité croissante de l'attaque matérielle sur la défense. L'histoire des peuples anciens n'avait cessé de justifier cette triste observation, lorsque l'invention de la poudre est venue la fortifier en la plaçant sous un jour nouveau. L'ardeur belliqueuse de l'homme qui déjà l'emportait dans son cœur sur le courage plus froid de la résistance, a été depuis lors secondée par une série d'armes ou d'instruments de guerre auxquels on n'a pu opposer que de vains palliatifs. Les obstacles les plus formidables ont vu tomber leur prestige, et le feu meurtrier allant frapper l'adversaire caché derrière ses murailles ou dans ses retranchements tantôt par des courbes dirigées au-dessus de sa tête, tantôt par des travaux souterrains, a conquis, dans les mains de l'assaillant, une supériorité incontestable. Ces boulevarts, qui jadis défiaient les entreprises des armées les plus nombreuses, qui, dans l'antiquité, arrêtaient pendant 10 ans les meilleures troupes de la Grèce sous les murs de Troyes, n'ont conservé de nos jours qu'une valeur éphémère qui s'évanouit à heure dite, lorsque, dans un cas fort rare, le plan de campagne fait un devoir de s'y arrêter. Depuis qu'une telle inégalité a été tant de fois constatée, les armées ont été dès-lors entraînées plus souvent à se mesurer en pleine campagne, afin de conserver l'avantage qui naît des savantes dispositions du chef et de la valeur confiante des soldats.

L'apparition des chemins de fer sur notre continent ne changera par les effets de ce qui déjà est devenu presqu'une loi : eux aussi vivifieront l'attaque plus peut être qu'ils ne fortifieront la défense. L'enthousiasme, l'ardeur qu'inspirera aux troupes une marche rapide en avant, seront moins vifs lorsque avec quelques dispositions propres à relever la confiance, ou à maintenir la régularité dans les services, les rails-ways transmettront, à une armée en retraite, une grande anxiété, et les vagues terreurs qui démoralisent si promptement des masses réunies. Si une flamme électrique double le courage, en circulant au milieu de troupes déjà victorieuses ou prêtes à l'agression, une panique, souvent irrésistible, paralyse presque toujours les plans les mieux combinés d'un général en chef, en dominant ses soldats. Ces réflexions, qu'il est superflu d'étendre, indiquent suffisamment, je pense, le genre de services que rendront plus particulièrement les chemins de fer dans la science du maniement des armées. Or, cette facilité d'aborder le premier son ennemi, d'arriver de suite presque au cœur de ses états, secondent merveilleusement les qualités qui constituent le caractère national en France. Si la raison humaine se montre moins disposée chaque jour, par le sentiment qu'elle a des malheurs et des sacrifices pécuniaires qu'elles entraînent, à chercher dans des guerres des satisfactions désastreuses, souvent illusoires, doit-on pour cela fermer les yeux aux avantages que notre tempérament saura retirer dans l'occasion, de modernes découvertes qui peuvent encore rester dignes du nom *d'instruments de civilisation*, même en se prêtant temporairement à la satisfaction de nécessités violentes? Sans révoquer en doute leur suprématie, comme agents de progrès pacifique, nous tenons seulement à leur assigner un rôle dans la sphère militaire. Liens stratégiques non moins que commerciaux, chacun en leur temps, serviront les intérêts moraux ou matériels des peuples

Serait-il possible d'ailleurs, lors même que nous le voudrions, et que nos intérêts, d'accord avec nos faibles progrès dans les voies de la raison, nous y engageraient, de laisser en dehors de préoccupations qui intéressent notre existence nationale, le tracé des chemins de fer en France. L'Europe n'attend-elle plus que notre profession de foi, notre exemple pour répudier à jamais toute pensée de querelles, d'agression? Le besoin ardent de la paix que nous éprouvons un peu par lassitude de nos dernières guerres, est-il tellement partagé autour de nous qu'il soit prudent d'immoler ce qui sert à entretenir notre sécurité, parce qu'il peut aussi éveiller des terreurs? Le rapprochement des peuples, sensiblement manifesté déjà il est vrai, est-il un fait tellement accompli qu'il faille sitôt s'abandonner à une confiance aveugle? Les nations voisines poussées comme nous aujourd'hui, vers des conquêtes pacifiques, songent au contraire à rechercher dans leurs améliorations matérielles, ce qui avant de les enrichir, saura les protéger et les défendre. Qu'on jette un coup d'œil sur le vaste réseau de chemins de fer dont l'Allemagne ne tardera pas à être sillonnée! Quel sérieux avertissement pour quiconque ne sait témoigner de son amour pour la paix, qu'en se rendant coupables d'une imprudence que nous voulons croire involontaire! Étudions ce document et sachons surtout tirer de son examen de fructueuses leçons.

Une double pensée a visiblement présidé à l'ensemble des tracés partiels de l'Allemagne. Un système général représentant à la fois les nécessités de la défense du territoire et les besoins du commerce, traduit d'une manière évidente le double sentiment sous l'influence duquel ont agi les divers gouvernements, créateurs ou concessionnaires de ces travaux.

Ces chemins de fer, divisés par catégories, selon les progrès de leur exécution, présentent les résultats suivants :

DÉSIGNATION DES PRINCIPAUTÉS OU ROYAUMES TRAVERSÉS PAR LES LIGNES de chemins de fer.	PARCOURS DES CHEMINS DE FER.				TOTAL.
	Achevés.	En construct.	Concédés.	Projetés.	
Hanôvre Mecklembourg, villes anséatiques, duché de Brunswick, Holstein.	(1) l. 5,7	l. 9,5	l. 104,6	l. 85,7	205,5
Prusse et duchés d'Anhalt.	43,5	91,	122,8	317,3	574,6
Nassau, Deux-Hesse, roy. duchés et principautés de Saxe.	31,3	«	156,4	70,	257,7
Duché de Bade, Wurtemberg, Bavière.	24,1	42,6	77,7	187,7	332,1
Autriche, Hongrie, Pologne, roy. Lombardo-Venitien.	120,9	246,3	204,8	257,1	829,1
Totaux.	225,5	389,4	666,3	917,8	2190,

(1) Il s'agit ici et dans tout le cours de ce travail, de lieues ordinaires de 4,000 mètres.

C'est comme on voit un réseau de 2,190 lieues de rails ways qui, dans un avenir plus ou moins rapproché, couvrira toute l'Allemagne. Déjà plus de 600 lieues sont achevées ou en construction et 666 sont concédées. Les 918 lieues restantes ne sont encore, il est vrai, qu'à l'état de projet, mais les études qui les concernent sont presque terminées. Quant à leur exécution, il nous suffit de savoir qu'elle aura lieu un jour, que c'est le vœu des gouvernements. D'autres réflexions naissent en foule à l'aspect de cette carte, c'est que leur direction, favorable aux intérêts commerciaux des populations germaniques, n'est pas moins menaçante pour la France dans le cas d'une collision. Sans entrer dans des détails qui jetteraient la confusion dans l'esprit de nos lecteurs, bornons-nous à faire connaître le rayonnement des lignes principales, leur point de départ et leur but. Au nord, le Hanôvre relié aux duchés de Mecklembourg et surtout au Holstein, s'avance à l'est sur Berlin par Magdebourg, tandis qu'au sud il va chercher à travers la Westphalie une ligne qui l'unira à Amsterdam et à Rotterdam, et une autre qui le fera aboutir à Cologne, extrémité de la ligne belge partie d'Ostende. Le Hanôvre a aussi par le chemin de la Westphalie un moyen de se porter sur Francfort et Mayence, nœud où viennent converger la plupart des lignes de l'Allemagne, et où se donneront infailliblement rendez-vous au besoin, toutes les forces de la confédération germanique.

Le système des chemins de fer de la Prusse n'accuse pas moins de prévoyance et de vues militaires. En même temps que Berlin détache en arrière des lignes qui la mettent en communication avec Stettin, avec Dantzick et Kœnigsberg, elle songe à communiquer avec Vienne par deux voies qui traverseront, l'une la Silésie pour aboutir au rail way (en partie achevé) qui liera Vienne et Varsovie, tandis que l'autre parcourra la Saxe et la Bohême, unissant leurs capitales Dresde et Prague. Mais la tendance la plus manifeste de la Prusse est dessinée par une double ligne de fer qui, partant de Berlin, et commune jusqu'à Halle, s'avancera directement, l'une sur Francfort par Weimar e Gotha, l'autre sur Munich par Leipzig, Nuremberg et Augsbourg. Sa route est tracée aussi vers la France, soit qu'arrivée à Francfort et Mayence, rendez-vous général, elle s'avance par le chemin de fer projeté entre cette dernière et Saarlouis ou par celui qui unira bientôt les villes de Francfort, Darmstadt, Manheim et Landau. Elle pourra également, en suivant depuis Manheim, la ligne qui traversera dans sa longueur le grand duché de Bade, réunir à Bâle ses forces à celles de l'Autriche ou aller au devant de cette puissance par un chemin moins exposé à être coupé, à travers le Wurtemberg et aboutissant à Augsbourg.

Le système de chemins de fer qui embrasse l'empire d'Autriche, est également complet au point de vue stratégique. Outre ceux dont nous avons déjà fait mention, qui relient au nord, Vienne, Varsovie et Berlin, une ligne pénétrera en Hongrie, où elle a presque déjà atteint Persh : une autre ira joindre Trieste et Venise, qu'une concession effectuée va rapprocher de Vérone et de Milan. Quant à son action sur la France, elle tend à s'établir au moyen d'une double ligne commune jusqu'à Augsbourg, par Linz, Saltzbourg et Munich, et s'avançant de là sur la Bavière rhénane, à travers le Würtemberg ou sur Bâle par Constance et Zurich. L'Autriche donc, comme les autres états de l'Allemagne, satisfait dans son tracé de chemins de fer, à la triple condition de relier entr'elles ses diverses possessions, de maintenir des relations avec la diète germanique par Munich, Nuremberg, Darmstadt et Francfort, et surtout de se mettre en mesure de porter rapidement des forces sur deux points vulnérables de la France, au-dessous de Manheim par la ligne de Wurtemberg, et plus au sud, par celle de la Souabe. Heureusement long-temps encore, ces deux tronçons resteront à l'état de projet et rencontreront au jour de l'exécution des difficultés sérieuses sinon insurmontables. Nous insisterons particulièrement sur cette circonstance, lorsqu'en vue de dangers éventuels d'invasion, nous aurons à exprimer nos idées sur l'ordre de priorité à établir entre les chemins de fer de France.

A ces voies rapides de communication, il faut en ajouter d'autres qui sujettes à bien moins d'inconvénients, faciliteraient également, en cas de guerre les opérations stratégiques des ennemis de la France. Depuis 1824, la navigation à vapeur est organisée sur le Rhin, de Rotterdam jusqu'à Strasbourg : et de cette ville, elle s'etend actuellement jusqu'à Bâle. La Moselle est parcourue par des bateaux à vapeur jusqu'à Metz: le Mayn depuis son embouchure à Mayence, jusqu'à Francfort, et des essais tentés récemment, font espérer que cette rivière sera navigable jusqu'à Bamberg, ce qui établirait par le canal *Louis* en Bavière, la communication avec le Danube. Ce dernier grand fleuve est parcouru par des vapeurs et des remorqueurs depuis Ratisbonne jusqu'à la mer Noire, et l'on travaille à rendre le lit du fleuve navigable jusqu'à Ulm.

Sur l'Elbe, la navigation à vapeur, en usage depuis plusieurs années de Hambourg à Magdebourg, s'etend actuellement jusqu'à Dresde, d'où l'on essaie avec des bateaux construits exprès, d'arriver jusqu'à Prague, ce qui établirait pour les transports par la Moldau et le chemin de fer de Bohême, de Prague à Linz, achevé entre cettte dernière ville et Budweiss sur un parcours de 26 lieues et demie, une autre communication avec le Danube. Sur l'Oder, les bateaux à vapeur se rendent depuis longtemps de la mer Baltique jusqu'à Stettin. Cette navigation finira par s'étendre jusqu'à Breslau en Silésie, d'où un chemin de fer concédé jusqu'à la Vistule, non loin de Cracovie, viendra rencontrer à angle droit le chemin ouvert entre Vienne et Varsovie.

Pour terminer ici le relevé des chemins de fer établis dans les pays limitrophes de la France, nous dirons que la Belgique a déjà achevé 85 lieues sur un ensemble projeté de 140. La ligne qui unit Ostende et Liége liera incessamment l'Océan au Rhin à Cologne, lorsque sera achevé le tronçon qui reste à terminer entre Liége et Aix-la-Chapelle. De cette artère transversale, s'abattent sur la France deux rameaux de rails-ways fort avancés quant à leur exécution; l'un partant de Gand dirigé sur Lille par Courtray; le second plus à l'est, liant Anvers, Malines, Bruxelles, et se doublant au-dessous de cette ville, à Braine-le-Comte, pour aller chercher d'un côtéValenciennes par Mons, et de l'autre Namur par Charleroi. Si nous envisageons maintenant l'Angleterre, nous trouvons que de 1801 à 1840, 135 chemins de fer y ont été construits ou sont en cours d'exécution. 900 lieues de routes de fer y seront exploitées bientôt par la vapeur, sans compter celles desservies par des chevaux. Huit lignes partent de Londres et rayonnent vers tous les points extrêmes du territoire; deux lignes transversales coupent ce pays, de l'est à l'ouest. Les capitaux engagés dans ces entreprises dépassent un milliard et demi de francs. Enfin l'Angleterre moins l'Irlande, ne compte pas moins de 400 bateaux à vapeur. On ne saurait trop le dire, tous ces moyens introduits en Europe depuis la fin des guerres de l'empire, sont des éléments nouveaux dont la stratégie moderne aura forcément à se préoccuper. Nos frontières, accessibles à l'ennemi sur plusieurs points, vont se trouver dans des conditions différentes de celles du passé, et seront soumises désormais à un classement, subordonné à la plus ou moins grande rapidité des communications. Des questions jadis résolues par une ou plusieurs lignes de places fortes, par une distance considérable entre la capitale et le théâtre de la guerre, par la nécessité de rester unis à une base d'opération plus ou moins perpendiculaire à la direction des colonnes en mouvement, vont faire place à d'autres problèmes, dans lesquels les obstacles anciens, sans disparaître tout à fait, seront singulièrement aplanis. Les coalitions, et tout porte à croire que ce sera jusqu'à un nouveau remaniement de l'Europe, la forme ordinaire des luttes armées, gagneront en chances de succès tout ce qu'elles pourront acquérir en vitesse. Si on a pu dire avec quelque exactitude, en considérant seulement le tort de se rendre agresseur, *que celui-là succombera, qui attaquera le premier*, tout fait présumer qu'au jour de l'action, nous serons témoins d'un résultat complétement inverse. La rapidité des mouvements, jointe à l'énergie des résolutions, obtiendront brusquement des avantages qui, en doublant la confiance des assaillants, porteront un premier coup à l'ennemi surpris sans défense. Les armées belligérantes, pouvant dès-lors, sans se compromettre, occuper des espaces plus considérables qu'autrefois, y trouvant les vivres, les abris, les moyens de transport qui leur sont nécessaires, renfermant toutes les armes dans des proportions convenables aux localités, n'auront plus qu'à profiter des fortifications naturelles que leurs offriront ces localités pour gagner du terrain en avant.

Plusieurs faits de notre histoire contemporaine démontrent combien la supériorité a été souvent le partage de celui qui, rassuré sur ses communications, porte audacieusement la guerre au cœur du territoire étranger. Sans parler des pointes gigantesques de Napoléon, des efforts de son génie, qui suppléaient à l'insuffisance des ressources naturelles pour arriver aux portes d'une capitale après une victoire assurée d'avance, tant le concours des divers corps était calculé ponctuellement, nous rencontrons sans cesse chez nous de ces événements où l'initiative a été couronnée de succès. En 92, Custine, à la tête de l'armée du Rhin, reçoit l'ordre, malgré la faiblesse numérique de ses troupes, malgré la présence des armées Prussiennes en Champagne, presque derrière lui, de quitter ses lignes d'Alsace et de se porter précipitamment en avant. Cette manœuvre réussit complétement ; il enlève bientôt Spire, Worms, surprend Mayence, et passant le Rhin il épouvante l'Allemagne. Plus que jamais à présent, vu l'état de la science militaire et les importantes modifications qu'elle va recevoir des communications établies par lignes de fer, on devra donc, en cas de guerre, attaquer si l'on est les plus forts ; il le faudra encore si on est le plus faible, afin de ne pas laisser à l'ennemi le temps de tirer tout le parti possible de ses rails-ways.

§ IV.

Etude d'un système de chemins de fer en France, d'après l'état de nos frontières et la direction de ceux de l'étranger.

Ce n'est point assez d'avoir recherché dans l'histoire quelques exemples qui pussent servir de règles, d'avoir analysé et mis sous les yeux des lecteurs les moyens stratégiques, perfectionnés, que l'Allemagne possède contre la France en cas d'hostilités, nous devons, comme complément de ces aperçus excentriques, reporter notre attention sur notre propre situation, sur l'état de nos frontières, sur toutes les causes qui concourent à formuler ce qu'on appelle l'art de la guerre. Notre tâche sera bien près alors d'être complète, car, après avoir exposé le côté fort de l'ennemi et notre partie faible, la conséquence se présentera naturellement à tout esprit impartial touché des malheurs possibles, sinon probables, réservés encore à notre patrie. Déduit des traditions, sanctionné par la science, il ne manquera, au remède que nous conseillerons, pas même le caractère de l'opportunité.

En présence des résultats immenses réalisés déjà ou à la veille de l'être en Belgique et en Allemagne, il est triste d'avouer l'infériorité, je dirai presque la nullité de la France, dans le tracé de ses chemins de fer ! Des efforts ont pourtant été tentés; mais dirigés dans un esprit étroit, étouffés sous de verbeuses discussions, ils ont été un témoignage de plus de l'anarchie qui règne dans nos idées. A la fin de la session de 1833, le gouvernement reçut des Chambres un crédit de 500,000 fr. pour être consacrés à des études de chemins de fer. Diverses enquêtes eurent lieu, et n'aboutirent qu'à éveiller des prétentions locales et même individuelles. Au lieu des grandes lignes signalées d'abord comme devant réunir à Paris le Hâvre, Lille, Strasbourg, Marseille et Lyon, Bordeaux et Tours, on se contenta de concéder autour de Paris quelques têtes de chemins, ou d'autoriser dans les départements la construction de quelques lignes secondaires. Le but vraiment national fut écarté ou du moins subordonné pour le moment, à des intérêts locaux assez puissants pour se faire jour, ou assez éblouissants pour tenter les spéculateurs par l'appât des bénéfices des actions.

On ne tarda pas à reconnaître la stérilité ou au moins l'insuffisance des associations anonymes et en commandite pour des travaux aussi considérables, disons-le, aussi problématiques quant à leurs résultats financiers. Écrasées par les premières difficultés ou découragées par le retard d'un bénéfice attendu avec impatience, des compagnies les mieux famées, sollicitèrent la résiliation de leurs contrats. Ce fut alors que, s'opérant dans l'opinion publique une réaction qui serait surprenante partout ailleurs qu'en France, les opinions furent unanimes pour réprouver l'ancien mode d'exécution, et investir le gouvernement d'une confiance qu'on lui avait refusée en 1838. A cette époque, une voix presque générale repoussait l'intervention de l'État, dans l'exécution des travaux, comme n'offrant pas assez de garanties d'habileté pour faire vite et à bon marché, et voilà qu'aujourd'hui par une brusque conversion, tous les partis se rapprochent pour *imposer* au gouvernement une prompte initiative. On a compris tardivement qu'un système de prétentions exclusives, déterminerait une paralysie générale au lieu d'engendrer le mouvement et la vie : qu'il fallait avant tout imprimer au projet un caractère national, et que puisque le gouvernement fait les tracés, c'est lui qui doit les exécuter d'un bout à l'autre sous peine de n'avoir ni unité ni simplicité.

Le problème ramené à ces termes, semblait devoir être résolu facilement, car l'arbitrage du gouvernement une fois accepté de tous, c'était pour chacun reconnaître implicitement que la raison d'état devait primer toute autre considération. Sur ce terrain, l'opinion ne se montra malheureusement pas plus éclairée qu'auparavant : chacun plaçant la loi d'utilité publique dans la sphère de ses intérêts, de ses vues privées, de ses études spéciales, on vit naître les projets les plus bizarres, les conceptions les plus absurdes, les prétentions les plus déraisonnables. Il n'en pouvait être différemment, dès qu'on méconnaissait le principe qui devait rester le point de départ; aussi le même avortement attend la reprise de la discussion, si les Chambres animées d'un esprit patriotique plus large, ne savent pas s'élever dans les débats qui vont s'ouvrir à ce sujet dans leur sein, au-dessus de mesquines préoccupations locales ou même personnelles.

Quant à nous, lors même que les dispositions actuelles de l'Europe à notre égard ne justifieraient pas la nécessité de nous montrer prévoyants, notre avis serait encore que dans l'état peu avancé de la civilisation, la question de sécurité est intimement liée à celle de l'accroissement de prospérité : qu'elle doit même la dominer dans certains cas, déterminés par la nature des relations extérieures et l'état des frontières. Il faut qu'une nation existe avant de choisir le meilleur mode d'activité pour se rendre heureux. La nation française surtout, que des bravades ne rendent pas plus forte, mais que l'imprévoyance affaiblirait bien certainement, doit à ses antécédents, aux difficultés qui menaceront longtemps encore, son existence politique, au caractère démocratique et nécessairement un peu turbulent de sa constitution, de rester fidèle à cette règle des États sages et puissants. Loin de notre pensée de vouloir aiguiser des armes de guerre en vue de périls qu'on parviendra peut être à conjurer ! Les traités seront-ils moins respectés, l'amitié moins solide entre les peuples lorsque chacun gardera l'épée au côté? Notre dignité nationale, nos intérêts commerciaux ont-ils plus à attendre d'une attitude humblement pacifique dont aucun peuple autour de nous ne nous donne l'exemple, que de certaines précautions exemptes de forfanterie auxquelles la modification apportée à l'art de la guerre par les auxiliaires eux-mêmes de notre prospérité intérieure, nous invite à recourir le plus tôt possible.

Sans nous laisser donc alarmer par des théories qui non plus que de la part de nos voisins, ne renferment des démonstrations belliqueuses, actuellement menaçantes pour la paix, ne saurons-nous pas comme eux ménager une double solution et prévenir par une question de priorité bien motivée une lutte fâcheuse entre deux intérêts vitaux de la France, *la défense de son territoire et l'extension de sa richesse*? Qu'il nous soit permis quant à nous de donner ici plus de développements aux considérations stratégiques, tant à cause de leur suprématie réelle, que parce que nous croyons utile de combattre l'oubli systématique sous lequel on prétend peut-être les étouffer. Moins exclusifs que nos adversaires, nous ne perdrons point de vue néanmoins dans l'exposition de nos idées, les grands intérêts du commerce et de l'industrie: et en envisageant les chemins de fer comme essentiels pour la defense du territoire, nous n'oublierons pas surtout que leur plus belle mission sera de servir à protéger et à faire respecter les fruits du travail pacifique.

La première question à poser et à résoudre consiste à faire connaître quelle marche suivront les guerres dans l'avenir: et nous avons dit que sans être imminentes, elles étaient encore probables. Les leçons de l'histoire, qui ont toujours leur degré d'utilité, puisque les mêmes effets naissent des mêmes causes, montrent les armées ennemies opérer toujours leur rassemblement en Belgique, sur le Rhin ou en Piémont. La description que nous avons donnée plus haut des chemins de fer d'Allemagne et de Belgique, loin d'indiquer que cet usage sera modifié par la suite, en fournit au contraire une explication non moins rationnelle et plus concluante; bien plus elle montre notre frontière de l'Est plus vulnérable encore, dès que la faiblesse de la France s'accroîtra de la puissance d'agression dont l'ennemi disposera contre elle sur ce point. Etablissons donc d'abord que des lignes de fer devront relier Paris à chacune de ses trois frontières du N., de l'E. et du S.-E., et comme les intérêts commerciaux les sollicitent non moins ardemment, il ne s'agira plus que de discuter les détails de leur tracé en fixant avec soin les concessions auxquelles les divers intérêts peuvent et doivent se prêter, ainsi que les limites qu'elles ne sauraient franchir.

Nos frontières du Nord comprises entre la mer à l'Ouest et le cours de la Meuse à l'Est, ont en face la Belgique, qui en cas de guerre serait dans une impossibilité presque absolue de maintenir sa neutralité. L'ennemi a intérêt à s'y porter le plus promptement possible, sachant surtout que notre capitale n'en est éloignée qu'à 7 journées de marche à travers des provinces riches et peuplées. C'est sur l'Escaut et plus encore sur la Sambre et la Meuse que viendront se réunir les Belges, les Hollandais, les Anglais ainsi que quelques corps Prussiens, pour delà s'avancer sur Paris que ne couvrent plus suffisamment les trois lignes de places fortes dont cette frontière est garnie. A gauche, des canaux, des marécages font obstacle à leur invasion, mais le centre, et surtout la droite, restent sans défense, ne présentant qu'une campagne rase et livrant à l'ennemi avec le pays de Chimay, les sources de l'Oise d'où il peut tourner les Ardennes ou gagner les vallées de l'Aisne et de la Marne qui conduisent sur la capitale. En choisissant pour point d'attaque les abords de l'Escaut, plus éloignés de Paris de 15 lieues environ, que la partie au sud de Mons, l'ennemi s'affaiblirait premièrement, en laissant sur sa route des troupes pour masquer les places importantes de Lille, Douay et Arras. Or il évitera une partie de ces inconvénients en suivant la Sambre entre Mons et Givet; et comme en outre (et c'est à nos yeux ce qu'il y a de plus décisif) le double chemin de fer de Bruxelles à Mons et à Namur, ayant à Braine-le-Comte le sommet de l'angle opposé à la base d'opération présumée, servira merveilleusement les plans d'une armée d'invasion, c'est aussi ce qui doit déterminer notre choix pour le tracé d'une ligne de fer entre Paris et la frontière Belge.

Un des objets de cette ligne sera d'établir la communication de l'Angleterre avec Bruxelles et Paris en jetant d'un point quelconque un tronçon sur Calais. Comme il importe avant tout de rapprocher de la capitale de la France des villes telles que St Quentin, Cambray et Valenciennes, les plus directement menacées par l'ennemi en cas d'invasion, il nous semble plus convenable de préférer au tracé de Paris à Lille par Amiens, celui de St Quentin, qui, abrégeant de plusieurs lieues la distance entre Paris, Valenciennes et Bruxelles, remplit mieux les conditions de défense, sans nuire en rien à la célérité des relations commerciales. Outre les facilités d'exécution que présentera sa construction, cette ligne est évidemment la véritable voie militaire pour couvrir entre St-Quentin et Mézières, cette partie de notre frontière du nord la plus ouverte, celle où viendront se concentrer les forces de l'ennemi, sollicitées à la fois par une trouée plus large, par son rapprochement de Paris, surtout par l'existence d'un double chemin de fer, lancé de Bruxelles, et aboutissant le premier à Mons, le second à Namur, à quelques lieues de Liége, où il rejoint la route de Cologne. La ligne par St-Quentin touche aussi au confluent de l'Aisne et de l'Oise, et permet de porter rapidement des corps auxiliaires sur Amiens et sur Soissons, et de couvrir alternativement la capitale en restant maître du sommet de l'angle le plus essentiel à garder. Dans ce système, Compiègne devient une position telle que le recommandent les hommes de l'art, d'où une armée pourra manœuvrer avec avantage, soit pour concourir à la défense de Soissons, soit pour lier ses opérations avec celles d'une armée dans la vallée de la Marne, soit enfin pour se jeter sur Beauvais par une prompte diversion et arrêter sur ce point la marche de l'ennemi.

Le projet qui propose de détacher de la ligne de Paris à Lille par St-Quentin, un embranchement sur Strasbourg, passant par Reims, Verdun et Metz, peut être défendu jusqu'à un certain point, au point de vue de la rapidité des communications entre le Hâvre et le Rhin ; néanmoins de tels avantages, fort contestables sous le rapport de la plus grande convenance des voyageurs, et conséquemment de l'économie bien comprise, ne pourront jamais compenser le danger qu'il y a à tracer parallèlement et à une courte distance de la frontière, une ligne exposée à être rompue sur presque tous les points de son parcours. D'ailleurs ces contrées ne sont point assez populeuses, les habitudes de circulation n'y sont point assez développées pour que dans un but incertain on tente de créer des relations différentes de celles qui existent. Depuis des siècles la route de la

Marne jusqu'à Vitry, celle de Bar à Nancy et à Strasbourg sont les voies qui unissent politiquement et commercialement Paris avec l'Allemagne. On ne déplace pas impunément des intérêts aussi sérieux, des habitudes aussi enracinées dans le but d'obtenir une économie illusoire, puisque les frais d'entretien si considérables, comme on sait, nécessitent principalement pour être couverts, un concours nombreux de voyageurs.

Notre frontière de Suisse, accessible à l'Autriche, la plus méridionale des puissances d'Europe, menaçantes pour la France en cas de guerre, est, nous n'en saurions disconvenir au point de vue des anciennes idées, rendue plus faible depuis la démolition d'Huningue, et depuis la perte du canton de Porentrui, dont la position tourne toutes nos défenses. Les Autrichiens ont en outre gardé des vallées des Grisons, d'où ils entament le massif principal de la Suisse, et ont ouvert à grands frais des chemins à travers ces montagnes : de sorte que débouchant de Bâle, de Porentrui, de Neufchatel ou des bords du lac de Genève, leurs armées essaieront soit de prendre l'Alsase à revers, soit de marcher sur Lyon, soit même de pénétrer vers la Loire. Un tel plan n'est point cependant d'une exécution aussi facile qu'on pourrait le croire et surtout n'entraînera pas désormais des résultats aussi graves qu'une invasion sur les frontières du N. et du N.-E.

Quand même la Suisse, par suite de la faiblesse de son pouvoir central, manquerait d'énergie pour faire respecter son territoire, il nous sera toujours possible de nous emparer à temps de quelques positions importantes qui, sans avoir une influence décisive sur le sort d'une campagne, nous permettront du moins de retarder une issue désastreuse, en prolongeant avec chances de succès une résistance partielle. Des passages fortifiés, des places recommandables telles que Belfort, Besançon, seraient-ils enlevés de vive force, ou tournés, n'avons-nous pas encore les monts Jura et les Vosges qui nous servent de rempart au midi et au nord ? Si entre ces deux obstacles nous avons perdu Huningue, place trop petite pour arrêter une armée et trop éloignée de Bâle pour en commander le passage, (1) il nous reste la position infiniment supérieure de Belfort qui domine les vallées du Rhin, de la Moselle, de la Saône, à l'accroissement de laquelle le gouvernement consacre chaque année des sommes considérables, et qui désormais *donnera la vie à toute la défense vers l'Alsace et la Suisse* (2). Ce qui ajoutera encore à l'importance de la place ou plutôt de la position de Belfort, c'est qu'elle se trouve en quelque sorte dans la sphère d'action des corps de réserve des armées du Rhin et de la Moselle, réunies en Lorraine, et à 4 ou 5 journées de marche d'elle. Sa distance de Dijon, évaluée a 37 lieues, lui permettra également de tirer en quelques jours, des renforts de cette ville qui devra pour ce motif, rester un des points de la ligne de fer de Paris à Lyon. Une dernière considération enfin, à nos yeux la plus concluante à cause de la nature des guerres et de leur conduite dans l'avenir, c'est que les moyens à la disposition de l'ennemi pour envahir cette portion de notre territoire, sont restreints et bornés par suite de la neutralité de la Seine, de la distance qui nous sépare des deux grandes puissances, l'Autriche et la Russie, appelés à suivre cette route, de l'aspect orographique du Jura et des Vosges, du voisinage de Nancy et Dijon,

(1) *Force et faiblesse militaires de la France.* (Paixhans.)

(2) *Force et faiblesse militaires de la France*, page 310. (Paixhans.)

dès que ces villes pourront en quelques heures devenir des centres d'action puissants, et surtout eu égard à la difficulté d'ouvrir par rails-ways, à travers le Wurtemberg et la Souabe, un débouché à l'Autriche sur la France, et d'y faire converger des forces capables de donner à une démonstration militaire le caractère d'une invasion sérieuse.

Une partie de ces observations s'applique à la frontière d'Italie. Malgré la mauvaise part que nous ont faite les traités de 1815, qui ont donné au Piémont du côté de la France, les vallées de Savoie qui regardent Lyon, celles qui conduisent vers le Jura, ou qui des Basses-Alpes descendent le long de la Méditerranée vers Toulon; malgré la porte que l'Autriche s'est réservée pour entrer en Piémont, nos conditions de force s'accroîtront indubitablement du rapprochement entre Paris et Lyon, au moyen d'une ligne de fer. Si nos provinces du Rhône sont au pied des Alpes; si nous ne possédons plus ces belles routes ouvertes par la France à travers ces montagnes, une place comme Grenoble, ayant pour poste avancé le fort Barrault, et une position fortifiée comme celle de Lyon, pouvant contenir une armée de 100,000 hommes, sont bien en état d'arrêter longtemps un ennemi comparativement moins nombreux.

Des avantages de positions isolés, dépourvus de moyens de circulation perfectionnés qui en centupleraient la valeur, ne sauraient contrebalancer, dans la main de l'ennemi, l'action incessante de la capitale de la France sur Lyon ; notre supériorité manifestée dès l'ouverture d'une campagne, par les résultats d'une vigoureuse impulsion, parviendra bientôt, comme toujours, à se faire accepter ou à s'imposer dans les plaines de la Lombardie. Seulement, alors, l'Autriche pourra se servir contre nous du chemin de fer qui traversera un jour la partie de la Péninsule, depuis Venise jusqu'à

Milan, et de ceux que ses ressources ou la configuration du terrain lui permettront de créer à travers le Tyrol, la Styrie et l'Illyrie. Jusque-là nous disputerons avec avantage les passages des Alpes, tant à cause de l'insuffisance des moyens de résistance de l'ennemi, que par suite du lien nouveau qui, par Paris, unira en quelques heures Lyon à tous les points de la France et les rendra solidaires de sa défense. '*La distance et le temps*, ces deux choses décisives à la guerre, seront désormais pour nous, lorsqu'il y aura lieu de commencer les hostilités sur notre frontière du S. E.

Les traités de 1815 ont non - seulement dépouillé la France de ses conquêtes au N. E., aussi bien qu'ailleurs; mais sur aucun point l'étranger n'y a ouvert des brèches plus larges pour rester maître d'y pénétrer ; nulle part, ainsi que nous l'avons déjà remarqué, il ne songe à se ménager la possibilité d'accumuler plus facilement et plus promptement ses forces, dès que ses passions ou ses intérêts le pousseront à former une nouvelle coalition contre la France. Dans cette vaste trouée de 40 lieues qui, de Thionville à Lauterbourg, limite notre frontière entre la Moselle et le Rhin, Strasbourg, Metz et Thionville, seraient, avec les conditions anciennes de défense, bien insuffisantes déjà pour arrêter une invasion ennemie. Je ne parle pas de Bitche, Marsal, Toul, etc.; leur nullité, dans une telle question, n'a plus besoin d'être démontrée. La Saarre, sur laquelle nous ne possédons aucune place forte considérable, ne peut pas davantage nous offrir quelque protection. La perte que nous avons faite de Saarlouis et de Landau, livre naturellement à la Prusse et à la Bavière des passages qui, en évitant Metz, conduisent brusquement leurs armées au cœur de la Lorraine et sur les chemins de la Champagne. Saarlouis, dont la grandeur a été augmentée, Landau, qui jadis nous défendait et maintenant nous attaquera, ont donné à la Prusse et à la Bavière, sur qui pèse l'Autriche, de fortes positions militaires contre nous. Elles augmenteront le nombre des places de dépôt que l'ennemi a intérêt à établir en avant de Mayence et de Manheim.

A ces dangers, bien capables de faire naître de sérieuses réflexions, il faut ajouter la force imposante que les lignes de chemins de fer convergentes sur Cologne, Mayence et Manheim, vont incessamment assurer à l'Allemagne contre notre frontière du N.E. particulièrement. De ces trois points, l'Allemagne étendra des mains de fer sur la France, où tant de causes provenant des traités de 1815, de l'insuffisance des places fortes, rendent déjà la défense du territoire si difficile. Les nœuds formés aux points d'intersection de plusieurs chemins de fer, deviendront les positions stratégiques naturelles les plus redoutables; au nord, Cologne, où viendront se souder les lignes de Belgique, du Hanovre, du Holstein, de la Westphalie, et même de la Prusse et de la Saxe; au sud, Francfort et Mayence, plus rapprochées de nos frontières, seront également plus en mesure de recevoir les contingents des divers états de l'Allemagne, avec lesquels ces deux villes seront bientôt reliées directement. La Prusse, la Saxe, le grand duché de Bade, le Wurtemberg, la Bavière, l'Autriche, une foule de principautés secondaires, suivront *forcément*, dans une marche aggressive, les rails-ways qui les conduiront à Mayence et à Manheim, et de là à Saarelouis et Landau. L'Allemagne coalisée a donc son chemin tracé pour arriver aux portes de la France, dès à présent déjà les plus faibles. Ce n'est plus à Kehl ni à Bâle que l'ennemi cherchera à franchir le Rhin; ce qui semble indiquer combien la ligne qui lie ces deux places est devenue secondaire à ses yeux, c'est le peu d'empressement qu'apporte la confédération à fortifier Rastadt malgré les engagements pris antérieurement. Les hommes d'état ont parfaitement compris que ce point devenait sans intérêt depuis l'occupation et l'agrandissement de Landau et de Saarlouis ; ils le sentiront bien davantage quand ces deux places se trouveront en communication directe et par lignes de fer avec le cœur de l'Allemagne. De Valenciennes à Strasbourg, voilà donc, en cas de guerre, la zône la plus vulnérable de notre frontière; c'est là seulement que l'invasion, avec les moyens nouveaux que la science va mettre à sa disposition, sera désormais à craindre.

Nous avons indiqué ailleurs le remède à apporter vers le nord, en servant les opérations de l'armée de la Meuse, au moyen d'une ligne de fer dirigée sur Paris. L'armée du Rhin et celle de la Moselle réclament, dans un intérêt commun non moins pressant, les mêmes moyens d'attaque et de défense. Rien ne saurait remplacer pour elles un chemin de fer tracé directement entre Paris et Strasbourg, se bifurquant à Nancy et jetant un embranchement sur Metz. Il pouvait être convenable autrefois, alors que la guerre méthodique avait ses partisans, je dirai plus, ses nécessités, de donner à des communications, qui relient entr'elles les places fortes de la frontière, la préférence sur celles qui unissent le centre à la circonférence ; aujourd'hui que les mouvements des armées sont plus rapides, et le seront bien davantage encore par la suite, que l'ennemi, dès qu'il a gagné une grande bataille qui lui a permis d'entamer la frontière, est immédiatement en mesure d'arriver sous les murs de Paris, c'est à cet immense péril qu'il faut parer.

Les guerres d'invasion, conséquence de l'accroissement numérique des armées et du perfectionnement des moyens de circulation qui facilite leur concentration, tendront de plus en plus à simplifier les opérations sous le rapport de la multiplicité des points à défendre et à substituer la plus grande somme d'action sur un point, à une stratégie moins ostensible, à des manœuvres multiples, à des attaques partielles. Les bases d'opérations ne seront plus à proprement parler que des positions stratégiques, et il s'agira bien moins de combiner les opérations de plusieurs armées, agissant parallèlement, que de réussir par un choc violent à forcer l'entrée du territoire ennemi, à y faire une profonde trouée.

Aucun plan de campagne ne saurait plus être désormais discutable, qu'autant que s'appuyant sur de nouveaux éléments de succès, il fera intervenir dans ses combinaisons les ressources incalculables dues à l'emploi des chemins de fer. Quelles que puissent être les intentions de l'ennemi; malgré le plus ou moins de faiblesse de notre frontière par rapport au nombre et à la position des places fortes qui les couvrent, le choix des points pour commencer l'attaque sera de plus en plus restreint et indiqué d'avance; et comme les routes ordinaires ont jusqu'à présent déterminé la marche des hostilités, les lignes de fer traceront désormais leur itinéraire. Lorsque l'ennemi pourra en quelques heures, de Mons et de Namur, de Saarlouis et de Landau, assurer ses communications avec l'intérieur de l'Allemagne, ce serait absurde à lui de retarder de plusieurs jours l'exécution de ses projets, dans le but d'entreprendre ses opérations sur des points différents où il aurait moins de facilités pour rassembler des masses. Le succès devant être le résultat de l'action combinée du nombre et de la vitesse des mouvements, il ne saurait y avoir d'incertitude sur le système d'attaque qui, avec le secours des chemins de fer, lui conviendra le mieux pour entamer notre frontière et atteindre le plus tôt possible la capitale de la France.

Ce simple exposé devrait suffire pour faire tomber toute objection à la création d'une ligne de fer entre Paris, Metz et Strasbourg : d'autres considérations non moins explicites viennent encore fortifier notre conviction. L'idée d'un chemin de fer en deçà et parallèlement à notre frontière du N.-E., est, avons-nous dit, insoutenable. Outre le peu de relations commerciales qui en profiteraient, il est impossible de n'être pas frappés du danger de voir les rails-ways détruits à chaque instant et sur une foule de points, par quelques pelotons de cavalerie. Lorsque déjà le génie militaire élève des objections contre la proximité de la frontière d'un tracé direct de Nancy à Strasbourg par Marsal et Dieuze, et même par Saverne, qu'on juge de sa résistance alors légitime, au parcours d'une ligne de fer qui de Lille à Strasbourg rendrait désormais notre défense plus faible comparativement qu'elle ne l'a été à aucune autre époque avec ses places fortes. Il faut donc, soit confiance, soit résignation, se soumettre à ce fait palpable, c'est que si la civilisation a fait de nos jours de Paris, un centre politique et même administratif, l'application à la guerre, des nouvelles découvertes, rend indispensable que cette capitale devienne aussi un centre stratégique et en quelque sorte l'unique. Tant que les guerres contre nous auront pour but le renversement du gouvernement, plutôt que la conquête d'une province (et long-temps encore elles auront ce caractère), les manifestations de la volonté du pouvoir, l'énergie de ses résolutions ou de ses actes ne sauraient être transmises trop promptement aux lieux menacés. Ce n'est point par la route de Paris à Lille ou par celle de Dijon et de Mulhouse que le gouvernement pourra agir efficacement et surtout en temps opportun. sur Saarbruck par où l'ennemi recevant plus facilement de l'Allemagne ses renforts et son matériel, entreprendra de nous attaquer ; c'est en inondant les vallées de l'Oise et de l'Aisne, en envahissant la Lorraine pour de là gagner sans difficultés la Champagne, que l'ennemi cherchera une route qui le conduise directement vers Paris, but de ses efforts.

§ V.

Avantages du tracé direct de Paris à Strasbourg, dans un système d'attaque ou de défense. — Examen raisonné des divers projets.

Avant d'envisager la triste nécessité de la défense pied à pied de notre territoire, portons nos regards sur un genre d'opérations militaires plus conforme au caractère français, plus en harmonie avec nos intérêts, *une guerre d'invasion*. Nous ne voulons pas pour cela reculer devant la discussion des moyens stratégiques les mieux appropriés à la défense du sol après plusieurs défaites successives ; qu'il nous soit permis auparavant de nous inspirer de glorieux souvenirs et d'invoquer les avantages que nous avons toujours trouvés à porter la guerre au-delà de nos frontières plutôt que de l'attendre chez nous. Dans l'avenir, il sera plus urgent encore pour nous, de franchir rapidement nos frontières de l'est et de commencer les hostilités sur le territoire étranger, de manière à prévenir autant que possible le résultat de la concentration des forces ennemies à Manheim ou à Mayence. Mais pense-t-on qu'il ne faille que de la résolution et de l'audace pour exécuter une telle opération, et qu'en présence de l'Allemagne armée, de tant de routes d'attaque dirigées sur un seul point, notre devoir le plus impérieux ne soit pas d'ouvrir de promptes relations avec cette partie de notre frontière qu'il nous faudra alimenter incessamment. Or est-il un moyen plus sûr, plus efficace d'assurer à Strasbourg et à Metz leur rôle de place de dépôt, en même temps qu'on en a fait des têtes de pont formidables, que de les mettre en communication par Paris avec toutes les ressources que réclameront les circonstances?

En admettant même qu'un détachement ennemi parvienne à détruire quelque part le tronçon de Nancy à Strasbourg, outre que la réparation en sera facile, dès que nous aurons pris l'offensive, il est bon de savoir que la distance qui sépare ces deux villes peut toujours être franchie en une nuit avec nos moyens ordinaires. Notre position sera loin d'être compromise tant que nous garderons seulement intacte la portion de ligne de fer entre Paris, Nancy et Metz : car c'est sur ces deux dernières places qu'il sera urgent de diriger des forces afin d'être en état de repousser directement sur le point faible l'attaque la plus sérieuse et de secourir à temps, par des marches de flanc tant recommandées par les hommes de l'art, soit notre armée de la Meuse, soit les corps en observation devant l'autre porte de la France aux environs de Bâle. Quel inconvénient n'y aurait-il pas à ce que Paris restât plus éloigné de la frontière la plus ouverte, la mieux garnie des moyens aggressifs de l'ennemi que de Dresde, Berlin et Munich! Qui oserait taxer de luxe de précautions, notre disposition à imiter la prévoyance de nos adversaires, en copiant *servilement* leur système d'attaque et de défense! Les ingénieurs allemands ont bien compris la question stratégique, quand ils ont présenté comme favorable aux vrais principes de la guerre moderne, l'exécution de tout chemin de fer venant du centre de l'Allemagne et aboutissant à un de ses grands dépôts ou positions fortifiées et surtout liant par des lignes perpendiculaires au Rhin, les points importants de la fédération germanique!

Dans une guerre défensive, alors que le moral affaibli par de nombreux revers et des pertes considérables d'hommes et de terrain, éprouve continuellement le besoin d'être soutenu et remonté, la ligne de fer de Paris à Nancy et Strasbourg rendra des services non moins grands que pour l'attaque. Il y a onze ans un écrivain militaire judicieux esquissait en ces termes les règles qui lui semblaient devoir présider à la conduite d'opérations défensives. « Deux invasions entrent chez nous, si nous mettons une petite armée » en face de chacune, nous serons battus : si au contraire » nous portons nos forces réunies tantôt sur l'une, tantôt » sur l'autre, alors nous serons forts partout. Il est donc nécessaire que les forces mobiles de 2, 3 ou 4 frontières » trouvent le moyen d'accourir où le péril est grand (1). » *Ce moyen*, l'application de la vapeur à la prompte circulation des troupes et au transport des munitions et approvisionnements, le fournira pour nos guerres défensives futures. Les rails-ways, rompus par nos troupes à mesure qu'elles battront en retraite, ne pourront dans tous les cas servir à l'assaillant. Ce qui rendra sa position souvent même difficile à mesure qu'il avancera, c'est que nos armées ne cesseront pas d'être en communication entr'elles par des lignes convergentes sur Paris, tandis que lui, perdra le bénéfice des rails-ways à cause de leur interruption plus ou moins considérable jusqu'à la frontière ou même au-delà si nous avons pris l'initiative des hostilités.

(1) *Force et faiblesse de la France*. Liv. IV, p. 268 (Paixhans)

L'inégalité de chances qui a existé jusqu'à présent entre l'attaque et la défense, sans disparaître (1), sera, comme on voit, extraordinairement amoindrie et ce sera là, hâtons-nous de le dire, un des plus grands bienfaits des chemins de fer, puisqu'ils donneront la possibilité de mieux couvrir et de mieux défendre le cœur des états, dans lequel tend à se concentrer de plus en plus la vie politique. Alors se vérifiera davantage cette pensée d'un illustre maréchal qui, pourtant, ne raisonnait qu'au point de vue de l'ancienne stratégie. « *L'invasion du territoire d'un grand état est tou- » jours très-hasardeuse* (2). » A cette époque on sentait déjà que l'ennemi s'affaiblissait en étendant sa ligne d'opération. Que sera-ce dans la suite lorsque toutes les ressources de la portion non envahie du territoire, rassemblées et transmises avec une rapidité prodigieuse sur un point faible ou menacé, accroîtront le degré d'énergie de la défense, tandis que l'attaque, perdant de plus en plus cette facilité de concentrer ses troupes, qui à l'origine a fait sa force, se trouvera chaque jour dans des conditions matériellement moins favorables? Quelle circonspection ne faudra-t-il pas à l'ennemi dans la crainte qu'une bataille perdue ne l'expose à être accablé en un instant par des masses considérables, et ne le livre à

(1) Le lecteur remarquera, sans doute, qu'il n'y a aucune contradiction entre une telle opinion et celle que nous avons énoncée plus haut, que les rails-ways faciliteraient l'attaque plus que la défense. Nous avons entendu parler surtout de l'*aggression* qui est la première phase de l'attaque. Nous supposons, au contraire, ici le cas d'une *défense prolongée.*

(2) Le maréchal Gouvion-St Cyr *Introduction de ses mémoires*, t. Ier, p LIX.

la discrétion d'un adversaire, une seule fois vainqueur!

Nous ne voulons pas pourtant exagérer l'utilité des chemins de fer dans une guerre défensive. Nous savons que, quelque réelle que soit l'efficacité de leur action, elle ne saurait compenser le découragement qu'entraînent des revers ou des désastres, et surtout imprimer à une armée qui bat en retraite, une confiance assez soutenue pour rivaliser avec l'enthousiasme irréfléchi mais ordinairement heureux du vainqueur. La *furia francese* restera toujours l'élément moral de la plus haute valeur, pour contribuer au succès d'une campagne, et l'on sait qu'elle ne se révèle jamais avec plus d'éclat que dans une guerre d'invasion. Toutefois, reconnaissons avec joie, comme une garantie de plus, acquise aux défenseurs des idées pacifiques, que si l'ennemi trouve dans l'usage des lignes de fer plus de facilités pour passer à l'état d'assaillant, ce rôle deviendra de plus en plus périlleux a mesure qu'il gagnera du terrain; une énergique rapidité de mouvements, une promptitude extraordinaire dans sa marche sur la capitale, pourront seuls le tirer souvent d'une situation critique et le sauver d'une ruine certaine. Plus que jamais on verra se confirmer cet axiome: *retarder l'ennemi, c'est le vaincre, car il faut ou qu'il recule ou qu'il meure de misère* (1).

Nous avons dit pourquoi des places fortes n'étaient plus des obstacles suffisants pour arrêter la marche d'une armée envahissante, constamment en rapport, par lignes de fer, avec toutes les places de dépôt de son propre pays. Des armées manœuvrières, susceptibles d'être transportées rapidement sur les points les plus éloignés de l'échiquier mili-

(1) Paixhans. *Force et faiblesse militaires de la France.* Liv. III.

taire, et rencontrant, dans des espèces de camps retranchés, des moyens d'approvisionnements et un abri en cas de défaite, resteront désormais l'unique clé de défense d'un royaume. C'est alors qu'une ligne de fer de Paris à Strasbourg, rendra, dans les diverses périodes d'une guerre défensive, tous les services que comportera sa double destination, d'opposer la plus grande somme de résistance au point le plus redoutable de l'ennemi, et par son parcours, de servir simultanément à toutes les phases de la guerre, quelle que soit la zone du territoire où l'effort deviendra le plus urgent. Tant que nos frontières ne seront pas entamées, sa direction sur Metz et sur Strasbourg, sous un angle dont le sommet sera Nancy, le fera rayonner sur deux points essentiels et mettra en rapport direct l'armée du Rhin et celle de la Moselle, qui observeront l'ennemi à l'abri de deux de nos grandes places fortes. Dans cette supposition, Nancy, par ses ressources, par son étendue, par les approvisionnements qu'il sera possible d'y faire arriver et d'y accumuler, aidera puissamment à l'alimentation des corps d'opération, et pourra, au besoin, si la communication de Strasbourg à Bâle est interceptée, diriger à travers les Vosges des renforts qui, en quatre ou cinq jours de marche, arriveront en face de l'ennemi du côté de Belfort.

Contraints à opérer notre retraite, ce sera encore la ligne de Paris à Châlons qui deviendra le boulevart de la France, en défendant le mieux les abords de Paris. En même temps qu'une portion de l'armée envahissante pénétrera en Lorraine et dans la Haute-Marne, pour se joindre aux opérations du S. E. ou pour gagner la vallée de la Marne, une autre fraction s'avancera dans la direction de Verdun et s'efforcera d'atteindre Reims, ou Châlons. La ligne qui unira Paris à ce dernier point, sera donc, à cet instant de la guerre, d'une immense utilité : elle permettra non-seulement de résister à l'ennemi au N. et au S. de cette ville; mais par son action combinée avec la ligne de Paris à Saint-Quentin, elle menacera surtout constamment le flanc de l'ennemi, engagé et de plus en plus pressé dans l'angle formé par le cours de l'Oise et celui de la Marne. On se rappelle l'admirable campagne de 1814, durant laquelle le génie de l'Empereur sut tant de fois triompher partiellement d'une formidable coalition, en allant chercher ses champs de bataille alternativement sur l'une et l'autre rive de la Marne. Combien ses vastes combinaisons militaires n'eussent-elles pas mieux réussi encore, si au lieu de recourir à des moyens de transports bornés et fatals à la santé de ses troupes, il eût eu à sa disposition une ligne de fer qui, mettant Châlons à cinq heures de Paris, aurait, en prolongeant la défense directe, permis de préparer et d'exécuter une diversion sur le flanc ou sur les derrières de l'armée ennemie!

Nous arrivons enfin aux dernières limites de la défense, alors que le théâtre des opérations, resserré de plus en plus vers le sommet de l'angle compris entre le cours de l'Oise et celui de la Seine. Tout espoir n'est pas perdu, et l'on a encore à attendre beaucoup du jeu simultané des trois lignes de fer de Paris à Saint-Quentin, à Châlons et à Montereau, soit pour livrer bataille et reprendre l'offensive, soit pour servir la défense, préparée de longue main par la construction d'ouvrages d'art à Soissons, à Montmirail et à Nogent-sur-Seine. Réduite à une telle extrémité, il ne sera pas impossible que la stratégie puise, dans le voisinage de la capitale, dans la possibilité de pouvoir, en quelques heures, réunir trois corps d'armées divers, des chances favorables, capables d'influer sur l'issue de la guerre. Quoi qu'il en soit, on voit que jusqu'au dernier moment on tirera parti des rails-ways; que celui surtout établi dans la vallée de la Marne, en face du danger le plus incessant, à cause de la direction présumable de la marche de l'ennemi, pourra, indépendamment, seconder sans cesse les opérations latérales, et compléter puissamment le système de défense préparé au nord par une double ligne, allant de Paris sur Valenciennes par Saint-Quentin, et à Lyon par Montereau, Joigny et Dijon. Tout autre projet n'est même pas un palliatif; car on ne peut faire que notre frontière de l'est ne soit pas la plus ouverte, et qu'une invasion n'ait sur ce point plus de chances de réussir que sur tout autre, tant à cause du peu de distance qui sépare Paris des forteresses prussiennes et bavaroises, de Sarlouis et Landau, que par suite de leur liaison avec Mayence et Manheim, rendez-vous probable des masses de la confédération germanique.

La jonction, par un chemin de fer, de Paris à Lyon par Dijon, réclamée au nom des intérêts commerciaux, sera non moins précieuse dans des vues stratégiques. Lyon n'est pas seulement une des clés de la France, c'est aussi un centre de population considérable, un lieu de ressources et un point militaire qui, perdu, ouvrirait à l'ennemi la vallée de la Saône et celle de la Loire. Les traités de 1815 ont livré au Piémont des positions que cette puissance secondaire, sinon isolée, du moins assez éloignée de l'Autriche, sa protectrice ou son alliée, ne saurait rendre bien menaçantes contre nous. Nous n'ignorons pas non plus que les forts de Bramant, bien placés, bien casematés, ont été élevés, il y a quelques années, en deçà des Alpes, au pied du Mont-Cenis: qu'ils se trouvent à cinq jours de marche de Lyon; qu'on a aussi restauré Fenestrelles, Exiles et d'autres fortifications piémontaises. Nous pourrions néanmoins déjà nous montrer rassurés, en songeant que de Grenoble et du fort Barrault, en se dirigeant sur Montmélian et Chambéry, on peut prendre à revers l'invasion ennemie, qui sera d'ailleurs toujours facilement contenue par les moyens d'action que nous réunirons dans la vallée de Grésivaudan. Du bourg étranger de Montmélian, contigu au fort Barrault, partent les routes qui descendent sur Chambéry, sur Genève, sur Grenoble, sur Lyon; celles du Mont-Cenis, du petit Saint-Bernard et d'autres chemins venant des Alpes, où le fort Barrault, qui domine cette position, nous donne les moyens de prévenir les mauvais desseins du Piémont. Si de plus nous savons garder quelques passages secondaires, alors depuis le Mont-Blanc jusqu'aux Basses-Alpes, dans une zône de 40 lieues de frontières, l'ennemi se trouvera réduit *à la guerre de sentiers* (1).

Ce n'est point pourtant par ces seules considérations que Lyon nous semble moins compromis que Paris, dès l'ouverture d'une campagne; ce qui, dans l'avenir, avons-nous dit, rendra une invasion dangereuse, ce n'est pas tant la facilité de tourner ou d'enlever de vive force quelques passages, que d'inonder brusquement plusieurs provinces limitrophes. Or, les hostilités venant du Piémont, n'auront pas de longtemps ce caractère : son territoire, resserré entre la France et la Péninsule italique, ne se prête pas à une prompte concentration de troupes, et d'ailleurs les états d'Italie se lèveront toujours à notre voix pour inquiéter, ou au moins opérer une utile diversion dans les plaines de la Lombardie.

Ces circonstances atténuantes n'enlèvent pas à Lyon son

(1) *Force et faiblesse militaires de la France.* (Paixhans.)

importance comme point stratégique. L'attaque de la frontière qui l'avoisine peut toujours tenter l'ennemi, surtout par le désir fort naturel de s'emparer d'une cité populeuse, la seconde ville du royaume. Nous pensons donc qu'une ligne de fer, entre Paris et Lyon, ajouterait considérablement à la sécurité que tant de causes locales inspirent déjà.

Reste à décider la question de priorité, stratégiquement parlant, entre les chemins de fer sur Lyon et sur Strasbourg. Le premier, favorable principalement aux intérêts commerciaux, se lie bien à la question stratégique, mais plus encore comme système d'attaque que comme but de défense. Notre frontière du nord-est, que l'alternative d'un cas d'aggression ou de retraite recommande au même degré, imprimera au contraire, au second, un caractère militaire, autant que commercial. Tout annonce que l'initiative nous appartiendra long-temps avec succès au S. E., tandis que sur le Rhin, entre Mayence et Strasbourg, nous serons chaque jour affaiblis de toute la force que l'Allemagne s'habituera à y concentrer. Si l'invasion, nécessairement peu condensée au-dessous de Lyon, rend désormais les opérations militaires de ces contrées secondaires, au point de vue du moins de la défense, l'attaque bien plus probable que nous aurons à repousser au N. E. de la France, peut, dès l'origine d'une guerre, présenter les symptômes les plus alarmants. Qu'on ne perde donc pas de vue que s'il est avantageux de commencer les hostilités par quelques conquêtes au midi, la nécessité la plus urgente impose l'obligation de préparer au N. E. le chemin d'une victoire décisive ou les moyens de contenir une brusque et violente aggression

Quelques mots suffiront pour justifier notre prédilection en faveur du tracé qui descendrait de Paris à Dijon, par la Seine, l'Yonne, l'Armançon et l'Ouche, longeant en grande partie le canal de Bourgogne et rencontrant les villes de Melun, Montereau, Sens, Tonnerre et Semur. Outre que sa longueur, évaluée à 69^{lieues},5, serait moins grande que celle de deux autres tracés projetés, l'un par la vallée de la Seine, l'autre en suivant la direction de l'Aube, il a l'avantage de pouvoir être construit à ciel ouvert, tandis que ses rivaux nécessiteraient l'édification de plusieurs ponts, de plusieurs souterrains, dont l'un, dans chaque tracé, n'aurait pas moins de 3,000 mètres de longueur (1). Ce ne sont point encore ces difficultés d'exécution et d'autres provenant de la raideur des pentes et des courbes qui motivent notre préférence pour le projet étudié par M. Polonceau. Assez rapproché du cours de la Loire, il remplirait, selon nous, un triple but : celui de couvrir les abords d'une partie de ce fleuve, tout en pourvoyant à la défense de Besançon et de Belfort, qu'une distance de 18 et de 37 lieues séparent à peine de Dijon, et aussi d'étendre ses bienfaits commerciaux à un plus grand nombre de départements avoisinant le centre de la France. Cette ligne assurerait en outre un plus grand champ d'opérations à la défense du territoire, par suite de l'étendue de surface comprise dans le triangle circonscrit par la Marne et la Seine, entre Châlons, Paris et Joigny (cette dernière ville distante d'une vingtaine de lieues de la Loire).

La ligne de fer directe, de Paris à Nancy et à Strasbourg, indispensable, comme nous l'avons démontré, a besoin de conserver sa sphère d'activité entière et complète : les raisons majeures invoquées au nom de la stratégie, loin d'im-

(1) M. Bœrsch. — *Rapport du conseil municipal de Strasbourg*, novembre 1841.

poser quelque concession aux intérêts du commerce, appellent heureusement un tracé qui féconderait leur prospérité. Il y a plus, d'après nos principes, le réseau général se répartit avec plus d'équité sur la surface de la France : embrassant un plus grand nombre de départements, il sert mieux la cause du mouvement intérieur, tout en paraissant subordonné aux nécessités de la défense. Trop rapprochées, deux lignes de fer ne peuvent que se nuire réciproquement au point de vue de leur production, sans devenir l'un pour l'autre, en temps de guerre, un auxiliaire bien essentiel.

De telles considérations ne nous éloigneraient pas trop de reconnaître la supériorité du tracé de Paris à Lille par Amiens, lequel traverse de grands centres de population, si celui de Saint-Quentin, qu'on lui oppose, n'était de la plus haute utilité; si l'intérêt vital de la France n'était pas de rapprocher le plus possible Bruxelles de Paris et de pouvoir jeter, au premier signal de guerre, de nombreuses troupes dans cette trouée entre la Sambre et la Meuse, si rapprochée des chemins de fer de la Belgique, et par conséquent de ceux de l'Allemagne par Aix-la-Chapelle et Cologne.

§ VI.

Comparaison entre les deux chemins de fer de Paris à Strasbourg, au sud ou à l'est. — Examen de tracés intermédiaires.

Ramenée à des termes aussi larges, la question des chemins de fer serait bien près de recevoir une solution satisfaisante. Placer les intérêts nationaux au-dessus des convenances locales, serait le moyen de satisfaire les exigences de la nature la plus grave, et de s'épargner bien des embarras quant au présent, bien des déceptions pour l'avenir. Malheureusement, il faut l'avouer, les débats qui ont eu lieu jusqu'à présent sur cette matière, ne se sont pas élevés à cette hauteur, qui atteint des croyances communes, aussi menacent-ils de recueillir la stérilité, après avoir semé l'anarchie. Les organes les plus accrédités de la presse ont engagé les esprits dans une mauvaise voie, en excitant sur cette question, comme sur tant d'autres, les appétits matériels seulement ; ils ont refroidi, au risque de les voir s'éteindre, ces sentiments généreux qui pourtant ont seuls jusqu'à présent fait l'orgueil et la force de la France. En enregistrant avec éclat les souscriptions volontaires votées par les départements, par les villes et même par des individus, on a poussé fatalement l'opinion à considérer les lignes de fer uniquement comme des caisses d'épargne, au lieu de les envisager comme des instruments de civilisation, dont l'État surtout devait retirer les premiers bénéfices. On a cru devoir faire appel à la cupidité des provinces, tandis qu'il suffisait, pour atteindre le même but, de parler au nom de l'unité de la France, si heureusement, si complètement consommée. Chaque département, chaque ville a dès-lors supputé le chiffre de sa population, de sa consommation, de ses droits comme ligne de transit, et a fondé sur ces documents la base de ses prétentions, parfois de ses menaces.

Aucune lutte ne devait néanmoins présenter plus d'acharnement que celle soulevée entre le tracé direct de Paris à Strasbourg (chemin de l'Allemagne consacré depuis des siècles), et une ligne circulaire qui, de Paris, va chercher Strasbourg par Dijon, Besançon et Mulhouse. Des intérêts particuliers coalisés, soutenus spécieusement par des arguments empruntés à des idées d'économie aussi fausses que déplorables, essayent, avec une ardeur digne d'une meilleure cause, de faire triompher une rivalité que repoussent les intérêts commerciaux, non moins que ceux de la défense du territoire. Sans preuves, quant au présent, de l'avantage d'une telle ligne, on s'est adressé à des considérations de transit, de marchandises, accessoires incertaines, en invoquant l'opinion de la chambre du commerce du Hâvre, et en exposant les nécessités du trésor, que l'on cherche à relever de son état de détresse, par des expédients qui achèveraient de le ruiner.

Deux tracés ont été étudiés entre Paris et Vitry; l'un plus direct, par les plateaux, traverse Sézanne et présente un parcours de 45 lieues; l'autre suit l'ancienne route par la vallée de la Marne et touche, sur son passage, Meaux, Laferté, Château-Thierry, Epernay, et Châlons; sa longueur, évaluée à 52 lieues, plus considérable que celle du précédent, de 7 l. est rachetée par l'immense avantage de traverser des pays riches et fertiles. Lors même que le transit des voyageurs de l'Allemagne et de la Lorraine, qui se dirigent sur Paris et sur le Hâvre, ne réclamerait pas impérieusement cette ligne, il ne saurait être indifférent pour la défense du territoire, que tant de villes, qui deviendront inévitablement, en cas d'invasion, des centres d'approvisionnements, des dépôts de troupes, ne soient pas en relation intime avec la capitale. Ne faut-il pas d'ailleurs que le corps d'opération qui tiendra position dans la vallée de la Marne, soit le plus rapproché possible des places de Soissons, Reims, Verdun, Vouziers, (qu'on songe à fortifier) qui, presque au début d'une invasion, auront à résister aux efforts d'un ennemi nombreux. Or, Château-Thierry est à 12 lieues de Soissons, et Châlons à 10 lieues de Reims et à 18 de Verdun; une journée ou deux suffiront pour porter des secours sur ce point important. Le tronçon par la vallée est donc préférable sous tous les rapports, puisque en même temps qu'il est plus favorable aux intérêts généraux de la population, il permettra d'agir promptement dans la vallée de l'Aisne et dans celle de la Meuse. Pourrait-on sacrifier d'aussi graves intérêts à la puérile considération d'une économie de temps d'une heure environ, gagnée dans un trajet de plus de 50 lieues?

Le tronçon de Vitry à Nancy n'a point de concurrent ; sa longueur est de 33 lieues ; il côtoie, en le traversant à Bar, le canal de la Marne au Rhin, et dessert les villes de Bar, de Ligny, de Toul. Si la ligne d'embranchement de Nancy sur Metz n'offre pas de difficulté d'exécution et qu'il suffise, pour parcourir cette distance de 12 lieues, d'établir un railway le long de la Moselle, il n'en est pas de même de la voie à ouvrir entre Nancy et Strasbourg. De graves difficultés d'exécution pour le passage des Vosges, et quelques objections présentées par le comité des fortifications, ont ajourné toute solution. Trois projets sont en présence : le premier, par la vallée de la Moder, passerait par Vic, Marsal et Dieuze, il suivrait le canal des Salines de l'est jusqu'à Sarrealbe, et rejoindrait Strasbourg par Ingwiller et Haguenau: sa longueur serait de 42 lieues. Le second présente un parcours de 32 lieues, 10 de moins que le précédent; il lie presque en ligne droite Nancy et Strasbourg, par Sarrebourg et Saverne, dans sa direction le canal de la Marne au Rhin ; mais d'assez grandes difficultés se présentent entre Sarrebourg et Saverne, pour passer de la vallée de la Saarre dans celle de la Zorn. Le troisième projet, celui du plateau de Framont et de la vallée de la Bruche, recommandé par le génie militaire, comme pouvant facilement être dérobé à une tentative destructive de la part de l'ennemi, aurait une longueur intermédiaire, environ 36 lieues ; il suivrait la vallée de la Meurthe jusqu'à Raon l'Etape, puis remonterait la vallée de la petite rivière la Plaine, pour arriver, de Raon la Plaine, à Schirmeck, par un souterrain d'une lieue et quart, qui percerait les Hauts-Chaumes; delà, on arriverait aisément sur Strasbourg par Molsheim et Mutzig (1). Ce tracé, qui servirait l'établissement si important de Lunéville, faciliterait en outre l'occupation des Vosges, ce double rempart, qui, battant à la fois sur la Lorraine et sur l'Alsace, prend l'ennemi à revers des deux côtés. Malheureusement, les travaux d'arts qu'il nécessite, rendent son exécution presque impossible; de plus, les objections soulevées contre le premier tracé ne nous semblent pas assez plausibles pour que, sacrifiant les avantages commerciaux qui résulteraient de son exécution, d'ailleurs plus facile, on se lance dans des dépenses onéreuses, sur des points qui ne sont pas beaucoup plus favorables sous d'autres rapports.

L'argument le plus fort contre le tracé par Marsal, Dieuze et Haguenau, énoncé par le comité des fortifications, peut se résumer ainsi (1) : « Le rail-way direct de Paris à Strasbourg, par son voisinage de la frontière du nord, pourrait » permettre à l'ennemi, maître de la vallée de la Saare, de » paralyser facilement ce puissant moyen de communication et d'isoler de l'intérieur le corps français opérant » sur le Rhin. — Le passage du Rhin, plus facile pour l'étranger à Bâle qu'à Strasbourg, milite pour qu'on soit en » état de porter rapidement des masses défensives vers le

(1) Bœrsch. — *Rapport du conseil municipal de Strasbourg*, novembre 1841.

(1) *Lettre ministérielle* du 15 mai 1841.

» premier de ces points, qu'un rail-way réunit déjà à Stras-
» bourg ; à cet égard, le chemin de fer de Paris à Mulhouse
» par Dijon, présente, sur la voie directe, une supériorité
» d'autant plus réelle que ce chemin procurerait le moyen
» de franchir une grande partie de l'intervalle entre la ca-
» pitale et Lyon, et permettrait de diriger, par des embran-
» chements, des secours rapides vers la frontière de l'est et
» du midi. »

Ces conclusions, diamétralement contraires à celles de l'administration avant 1840, et aux opinions exprimées dans la session de 1838 par les orateurs les plus compétents, ont été à diverses reprises refutées par des plumes non militaires, sur le terrain même où le comité du génie avait porté la discussion (1). Laissons aux défenseurs civils du tracé direct, l'honneur d'avoir parfaitement démontré que *l'ennemi, maître de la Saarre, isolera également l'armée d'Alsace, quand même il n'y aurait pas de chemins de fer; — que les tronçons restants seront toujours utiles ; — que le tracé direct porte plus directement des forces sur Bâle ; — qu'enfin l'invasion entre Metz et Strasbourg est plus à craindre que celle par Bâle; car c'est dans les plaines de la Champagne et de la Belgique que se décide le sort de Paris.* Pour ajouter de nouveaux arguments, à ces raisons, déjà péremptoires, il faut absolument répéter ce que nous avons dit, touchant la position de Metz, qui, dans l'éventualité d'une guerre, sera

(1) M. Sers, préfet du Bas-Rhin, dans son *Exposé au conseil général du Bas-Rhin*, le 6 décembre 1841, MM. Bœrsch et Collignon dans leur *Rapport au conseil municipal de Strasbourg et de Nancy*, novembre et décembre 1841.

le centre d'une zône stratégique cent fois plus importante que Bâle ou même Strasbourg ; que la plus grande partie des forces de l'ennemi nous menacent sur ce point. Après nous être servi des rails-ways directs, pour prendre l'initiative des hostilités, en admettant que nous soyons refoulés sur notre territoire, les communications resteront encore longtemps intactes entre Paris et Metz par Nancy. Plus une ligne de fer sera nécessaire, plus elle sera utilisée, mieux elle sera protégée et défendue. Enfin, de Nancy, il est toujours possible de faire arriver, en une nuit, des troupes au sommet de la montagne de Saverne; et cette assurance suffit pour les intérêts de la défense.

Si l'on observe, en outre, qu'un chemin de fer est bien plus exposé à être rompu aux environs de Mulhouse, à quelques lieues de Bâle, occupé par l'ennemi, tandis que Haguenau, déjà protégé par Lautersbourg et Wissembourg, se trouve à près de 12 lieues de Landau, et que la distance de Saarbruck à Sarrealbe n'est pas moindre, il faudra conclure que les intérêts de l'attaque, ceux même de la défense, quelque soit le point sur lequel on soit contraint de l'accepter, réclament la préférence en faveur du tracé par la vallée de la Moder. D'autres considérations, d'une certaine importance, militent encore pour cette opinion. Malgré l'infériorité de produit, qui est le résultat du transport par chemins de fer des matières encombrantes, on ne doit pas perdre de vue que les salines de l'est et l'exploitation des houillères de Saarbruck sont de nature, en tems ordinaire, à accroitre les bénéfices d'une ligne de fer dans ces contrées. Déjà on estime que le canal de la Saarre, approuvé par l'administration des ponts et chaussées, procurera aux départements qui s'approvisionnent aux mines de Saarbruck, une économie de près de 4 millions par année sur leur consommation *actuelle*, en combustible minéral (1).

Le choix de cette ligne, aboutissant à Nancy et se soudant à Vitry, au tronçon exécuté dans la vallée de la Marne, établit entre Paris et Strasbourg, une distance de 127 lieues, qui nécessiteront 16 heures pour la franchir (2). La portion jusqu'à Nancy, estimée 85 lieues, n'exigera que 10 heures pour la parcourir, ce qui pourra avoir lieu en une journée, pendant les deux tiers de l'année. Le chemin par le plateau de la Champagne, réduit à 78 lieues, serait d'autant plus aisément franchi en 10 heures que l'on serait moins arrêté par le soin de ramasser des voyageurs sur une route peu habitée; mais, comme l'utilité d'un chemin de fer ne saurait être seulement de lier deux points extrêmes, il vaut infiniment mieux suivre la vallée populeuse de la Marne, qui promet des bénéfices supérieurs à l'accroissement de dépenses. Dans notre supposition, Metz n'étant plus qu'à 97 lieues de la capitale, 12 heures et demie suffiront pour transporter les voyageurs d'un point à l'autre.

Le tracé indirect de Paris à Strasbourg par Dijon et Mulhouse, a donné lieu à plus de projets encore que le tracé direct : c'est d'abord la section de Paris à Montereau, ayant, avec le chemin d'Orléans, une tête commune jusqu'en deçà de Corbeil; sa longueur est de 23 lieues.

Trois projets sont ensuite émis pour lier Montereau et Dijon. Le premier, le plus méridional, parcourt les vallées de la Seine, de l'Yonne, et suit le canal de Bourgogne; le moins long, le plus praticable et le plus heureux au point

(1) Collignon (*Id.*)

(2) A raison de 8 lieues à l'heure.

de vue stratégique et commercial; son parcours est de 691,5. Le second projet consiste à suivre la vallée de la Seine jusqu'au delà de Chatillon-sur-Seine; le troisième, à remonter la vallée de l'Aube, et à aller rejoindre le précédent à Tilchatel, à 5l,5 de Dijon. Nous avons vu pourquoi, combattus comme exigeant plusieurs souterrains et des travaux considérables qui accroîtraient les dépenses, lesquelles sont toujours, en raison du nombre et de la rapidité des pentes, l'un ou l'autre de ces tracés verrait son utilité stratégique bien diminuée après l'exécution de celui de Nancy, le plus indispensable de tous.

Deux derniers tronçons se disputent l'avantage de lier Dijon à Mulhouse. Le premier, passant par Gray, Vesoul et Belfort, aurait une longueur de 53 lieues. Le second suivrait le canal du Rhône au Rhin, et desservirait les villes de Besançon, Montbelliard et Belfort; son parcours, plus allongé que le précédent, embrasserait une bande de terrain ayant forme convexe, de 57l,5. Les scrupules des ingénieurs militaires, éveillés lorsqu'il sagit de préserver au midi de Saarbruck, un tronçon non indispensable pour la défense de la Lorraine, de la Champagne et de la Meuse, se sont calmés en présence d'un tracé qui, depuis Besançon jusqu'à Mulhouse et même au-delà, suit parallèlement, et à une distance assez courte, la frontière *déclarée par eux la plus ouverte*. Je ne contesterai assurément pas la faiblesse de ce point; je ne déciderai pas, d'une manière abstraite, entre deux trouées également déplorables; mais comme l'accès d'un pays ne dépend pas uniquement d'une ouverture de territoire plus ou moins large; qu'il est subordonné surtout à l'impétuosité et à la force numérique des assaillants, je me range aux conclusions du rapport du comité du génie, en repoussant toutefois les prémisses. C'est parce que la frontière, aux environs de Belfort, n'est pas moins exposée que celle du N. E., à ce qu'une portion des railsways de fer soit rompu, qu'il ne faut pas faire dépendre la conduite de la guerre en Lorraine, de celle qui éclatera, d'une manière assurément moins grave à l'est, aux portes de Bâle. L'inverse serait bien plus plausible, puisqu'à l'opportunité d'une combinaison invoquée à tant de titres, viendra se joindre la question de distance et de tems, résolue, entre Paris et Mulhouse, d'une manière plus favorable par le tracé direct de Strasbourg, que par celui de la ligne de Bourgogne; la distance, dans le premier cas, étant de 153 lieues, et de 157 dans le second.

En faisant choix des deux tracés partiels qui relieront Montereau et Mulhouse, par la vallée de l'Yonne, le canal de Bourgogne et celui du Rhône, nous arrivons pour la distance des deux points extrêmes, Paris et Mulhouse, à une somme totale de 150, ou plutôt de 157 lieues, si on fait entrer en compte 7 lieues, représentant, dans la comparaison faite avec le tracé direct sur Strasbourg, l'inégalité provenant de la différence de hauteur des rampes et des pentes (1). Les voyageurs d'Allemagne, se rendant à Paris, feront ainsi 30 lieues de plus, puisque le tracé direct, le plus long, n'embrasse qu'un parcours de 127 lieues. Si on ajoute, maintenant à ces 157 lieues les 26 de Mulhouse à Strasbourg, ce sera 183 lieues, c'est-à-dire 56 de plus que par le trajet direct, que les voyageurs auront à parcourir pour se rendre de Paris à Strasbourg, avec l'inconvénient de laisser en dehors Metz et Nancy.

(1) M. Collignon. *Rapport*, etc.

Il devrait suffire de la production de pareils chiffres pour trancher la question à l'instant; mais combien le résultat ne s'aggrave-t-il pas lorsqu'on suppute la durée des divers trajets, et conséquemment la dépense qu'ils occasionneront! On pourrait toujours se rendre de Paris à Strasbourg en deux jours, par la ligne directe, ou même en trente-six heures, en prenant à Nancy la voie des voitures qui, en une nuit, portent à Strasbourg. Les cent cinquante-sept ou les cent quatre-vingt-trois lieues de Paris à Mulhouse ou à Strasbourg par Dijon, exigeant au moins vingt et vingt-trois heures de marche *sans s'arrêter*, il ne faudra jamais moins de deux jours, dans le premier cas, et le plus souvent trois jours, dans tous les deux, durant l'hiver, alors que les convois ne pourront marcher que huit à neuf heures par jour. Qu'on calcule, d'après cela, la dépense qui s'accroîtra infailliblement de la nécessité de séjourner dans des villes pour y passer deux nuits. Pense-t-on qu'un tel changement, dans les moyens de circulation séduise les voyageurs d'Allemagne, lorsque, dans l'état actuel des choses, il suffit de deux nuits et un jour, sans aucuns frais de gîte, pour se rendre de Paris à Strasbourg? Où serait donc l'économie, puisque la dépense atteindra au moins le double des prix actuels?

Et la question de transit des marchandises *appropriées aux chemins de fer* qui, bien qu'accessoire à mon sujet, n'en est pas moins fort importante à mes yeux, espère-t-on la résoudre de cette manière au profit de la France? On peut encore, par le tracé direct, lutter avec avantage contre la rivalité de la ligne d'Ostende à Cologne; mais qu'attendre d'une concurrence qui ne saura mettre Paris qu'à trois journées de marche de Strasbourg, la véritable porte de l'Allemagne, du moins la porte française? Ainsi, lorsqu'il ne faudrait que venir en aide à un mouvement imprimé depuis des siècles, et améliorer une voie de communication connue et goutée, on songe, par des considérations secondaires, ou dans des vues d'économie stériles, à faire violence, en quelque sorte, aux habitudes des voyageurs qui sont les consommateurs les plus productifs des chemins de fer. On veut, à la fois, créer artificiellement de nouvelles relations, troubler des intérêts existans, et dépouiller les provinces les plus exposées à une invasion et à l'invasion du caractère le plus grave, de son moyen de défense le plus puissant, et peut-être l'unique.

Il nous reste à parler de projets de tracés, qui, avec la prétention de concilier les intérêts de diverses localités, n'apporteraient au trésor, qu'on prétend ménager, qu'un soulagement illusoire. On devait s'attendre à un déluge de combinaisons, du moment où les grandes vues d'état, voilées ou subalternisées par des considérations d'un ordre inférieur, ne seraient plus la règle invoquée pour la création de ces grands travaux de l'avenir. Chaque concurrent, inquiet sur le sort de son projet de prédilection, se montre résigné à de mutuelles concessions, et disposé à se prêter à un tracé intermédiaire qui négligerait la question de sécurité extérieure, et qui, sans résoudre mieux celle de la vitesse, laisserait de plus en souffrance les intérêts de la masse des voyageurs. En maintenant en principe (ce qui ne coûte rien) la ligne directe sur Strasbourg et celle sur Dijon, on accepte d'abord, par une espèce de coalition d'intérêts, une tête commune depuis Paris jusqu'à un point quelconque vers l'Est Loin de porter un remède, ces sortes d'expédients ne feront qu'augmenter les embarras, car ils ne tendent à rien moins qu'à bouleverser tous les plans raisonnables et à compromettre entièrement le succès qu'on est en droit d'espérer de l'exécution bien ordonnée des chemins de fer.

Les uns ont demandé que la ligne fût commune jusqu'à Vitry, c'est-à-dire sur un parcours de 45 ou de 52 lieues, suivant qu'on dirigera le tracé par les plateaux ou par la vallée de la Marne. Là on souderait un tronçon qui irait à Dijon, par les vallées de la Blaise, de la Renne, de l'Aube et de la Tille, c'est-à-dire en surmontant de nombreuses difficultés pour obtenir des pentes et des rampes ordinaires, et pour frayer un passage à travers les montagnes qui séparent Langres de Tilchâtel. Nous admettons, quoique les études n'aient pu jusqu'à présent faire connaître un résultat certain, que cette section soit de 44 lieues (1). La distance totale de Paris à Dijon sera, dans la première hypothèse, de 89, et, dans la seconde, de 96 lieues; or le chemin naturel du Midi par les vallées de la Seine, de l'Yonne et le canal de Bourgogne, qui dessert des villes importantes, un pays populeux et riche, qui, en outre, se rapproche de la Loire et peut être construit aisément et à ciel ouvert, n'a que 92 lieues. La différence de longueur du trajet, contestable d'ailleurs jusqu'à ce que les travaux soient achevés, ne saurait, selon nous, motiver le sacrifice des nombreux intérêts des riverains de l'Yonne et de la Marne, et justifier l'idée malheureuse de demander aux populations éparses, entre Sézanne et Tilchâtel, une portion des produits nécessaires pour alimenter un chemin de fer.

Une autre combinaison donnerait aux deux lignes de l'Est et du Midi une tête commune par la vallée de la Seine jusqu'à Arcis-sur-Aube, c'est-à-dire 45 lieues (2). Dans ce cas, le parcours général pour Dijon serait, par la vallée de l'Aube,

(1) M. Collignon. *Rapport*, etc.
(2) M. Bœrsch, *Rapport*, etc.

de 95 lieues, et celui pour Strasbourg, après avoir rejoint la vallée de la Marne à Saint-Dizier, pas moindre de 115 lieues. Ce serait donc, pour l'économie d'un tracé commun de 45 lieues, et pour celle de quelques lieues sur la longueur totale du trajet direct de Strasbourg, qu'on immolerait les considérations commerciales qui réclament simultanément le tracé par l'Yonne et celui par la Marne. Oublie-t-on, en outre, que la défense de la vallée de l'Aisne est intéressée à l'établissement d'un chemin de fer le long de la Marne, de même que le cours de la Loire ne peut être bien protégé et secouru à tems que par une ligne de chemin de fer qui irait de Paris à Dijon par Joigny. Nous n'ignorons pas que le chemin sur Orléans et Tours remplirait, jusqu'à un certain point, cette dernière condition; mais, en amont d'Orléans, cette protection diminuerait de plus en plus, et c'est là précisément où l'ennemi tentera de s'engager. 45 millions d'économie, qui seraient le résultat d'une tête commune jusqu'à Arcis, sont, nous sommes fort loin d'en disconvenir, un argument qui doit peser d'un grand poids dans la balance. Toutefois, ce chiffre sera réduit de près de moitié si les Chambres, accueillant la proposition du gouvernement, imposent aux communes et aux départemens l'obligation de fournir les terrains, réservant uniquement à l'État la construction des chemins proprement dit, les terrassements, les ouvrages d'art.

Il vaudrait mieux assurément ne pousser les travaux qu'au fur et à mesure des ressources du trésor ou du crédit. Quelqu'un l'a fait observer avec beaucoup de justesse : il s'agit bien moins pour l'État de dépenser son argent, *vaille que vaille*, que d'exécuter des créations utiles et productives. Or, comme le revenu le plus net des chemins de fer consiste dans le transport des voyageurs et des objets de haut prix, et de peu de poids, il faut, avant tout, songer à donner satisfaction à cet élément de succès, en même tems que pourvoir aux intérêts d'un ordre plus élevé encore, ceux qui sont liés à la défense du territoire.

§ VII.

RÉSUMÉ.

Nous venons de parcourir une longue course, et pourtant bien des développements resteraient à fournir sur un sujet qu'une réserve bien naturelle nous a permis à peine d'effleurer. Nous ne nous sommes pas seulement, comme on voit, imposé la tâche d'envisager les conséquences d'une innovation matérielle, nous avons voulu examiner d'abord sa portée, en vue des circonstances les plus graves de la vie des sociétés. Malgré de consolants paradoxes, avons nous dit, malgré cette aspiration des peuples vers un but qu'il ne leur sera pas donné d'atteindre de longtemps encore, les guerres ne cesseront pas d'affliger le monde, non plus que les causes qui les excitent. Les progrès de la raison humaine, capables de prévenir ces actes de barbarie, sont trop lents, trop peu assurés; trop de passions, trop d'intérêts, leur font obstacle, pour que, s'abandonnant à de dangereuses illusions, on oublie que le calme dont nous jouissons, sans être précurseur d'une tempête, peut, néanmoins, être suivi de coups de vents qui renversent encore une fois ces projets de la sagesse humaine, et qui, rendant infructueuses pour nos fils les leçons de l'expérience, les livrent à de nouvelles épreuves.

Ce n'est pas assurément parce que notre activité actuelle a transporté dans le culte des intérêts matériels toute la ferveur de nos croyances affaiblies, qu'il faut s'écrier que l'horizon est à jamais débarrassé de nuages qui récèlent la foudre. Lorsque le sentiment religieux, le plus propre à faire cesser les luttes terrestres, n'a pu extirper ce mal mystérieux attaché au berceau de chaque peuple, et qui le dernier prolonge son agonie, espère-t-on que des efforts, même prodigieux dans la sphère des idées matérielles, escortés des passions qui lui font un si triste cortége, soient bien en état de se discipliner eux-mêmes, et d'enchaîner à la fois l'excentricité des désirs de l'homme, les appétits déréglés ou les erreurs des peuples?

Nous voudrions, certes, qu'il en fût ainsi, et que le développement de la raison humaine, docile aux avis des esprits généreux qui s'imaginent la diriger au gré de leur noble impatience, vînt confirmer tant d'espérances, donner un démenti à tant de sinistres éventualités. On ne saurait pourtant trop le dire, l'état politique présent de la France, repoussé ou accepté froidement par presque tous nos voisins qui le considèrent comme une tentative périlleuse ou au moins incertaine, a besoin d'une force qui le consolide, qui le fasse respecter. Est-ce bien le moment de méconnaître cette grave nécessité de notre époque, et de prêter exclusivement l'oreille à ces tentateurs qui cherchent à substituer dans notre âme l'amour effréné des richesses à la grandeur nationale, le triomphe des intérêts privés à la dignité du pays? Pour atteindre un aussi fatal résultat, n'ont-ils pas déjà défiguré l'histoire en donnant des guerres passées une explication mensongère? Lorsque l'étude attentive des événemens les plus reculés, lorsque les écrits des hommes qui ont le plus médité sur de telles matières, viennent, par des preuves irrécusables, démontrer que l'invention de la poudre à canon, par exemple, n'a influé sur les guerres ni pour les rendre moins terribles, ni pour diminuer la force numérique des armées, de soi-disant publicistes ont le courage de protester contre une telle assertion. Lorsque la statistique établit aux yeux les moins intelligens, que l'accroissement de la fortune publique a toujours eu pour conséquences le développement des armées, et surtout de l'instrument de destruction le plus perfectionné, de l'artillerie, on pose résolument des conclusions contraires, puis on leur demande de servir de base à des chimères.

Les chemins de fer se présenteront aux générations futures avec le même caractère que toutes les autres découvertes du génie de l'homme. Salués avec raison comme générateurs de nouveaux bienfaits, ils seront simultanément des agents pacifiques de la civilisation et des machines de guerre. Utiles auxiliaires de nos travaux, lorsque la vie coulera calme et tranquille, ils deviendront aux jours de crise, qui affligeront longtems encore l'humanité, des moyens dont les hommes de génie sauront s'emparer pour assurer le triomphe du droit. Ils changeront surtout non l'origine et le but des guerres, mais leur méthode, leurs combinaisons. En substituant aux anciennes routes des voies de circulation plus rapides, les lignes de fer rendront plus faciles et plus prompts la concentration et l'approvisionnement des troupes : elles rendront les attaques plus brusques; mais elles en limiteront le nombre et la durée. Les opérations militaires seront soumises, à leur tour, aux lois de l'unité. Longtems isolée sur des points divers, puis ralliée à la circonférence par des moyens imparfaits, peu sûrs, l'action des masses armées sera désormais entretenue vive et animée sur un nombre fort restreint de points, déterminés par la direction des voies nouvelles, par leurs relations entr'elles et avec un foyer commun où elles viendront converger. La stratégie moderne, inaugurée dans notre siècle par le génie de Napoléon, utilisera de plus en plus les moyens que l'application de la vapeur met à sa disposition. Fidèles surtout au principe capital de ce grand homme de guerre, les généraux, ses dignes successeurs, tiendront moins à se montrer partout qu'à agir avec toutes leurs forces sur un point donné.

Seulement alors, les nations connaîtront l'économie d'une paix armée, et en ressentiront les bienfaits. Toujours prêts à se porter précipitamment au devant d'une aggression, avec des forces suffisantes pour la contenir, on renoncera à ces rassemblements partiels, aussi funestes au trésor, que déplorables quant à leurs résultats, sur l'effectif des combattants. Sans recourir à ces routes longues et pénibles, qui, avant d'entrer en campagne, ont déjà tant réduit la force numérique des corps d'armée, des démonstrations vigoureuses seront toujours possibles. Les points d'attaque et de défense, jadis entierement subordonnés à la configuration de la frontière, n'auront plus guère pour régler leur choix, que la connaissance du rayonnement des rails-ways.

C'est ici que l'étude des chemins de fer qui ne tarderont pas à sillonner la Belgique et l'Allemngne, nous a aidés à fixer nos doutes. Un pareil examen, nous a indiqué qu'une partie vulnérable de notre frontière du Nord se trouvait d'abord entre Mons et Mézières, par suite des lignes de fer qui relieront par Bruxelles, l'Océan, la Hollande et l'Allemagne. Quoique encore accessibles à l'ennemi, l'Est et le S. E. de la France, ont beaucoup moins à redouter à cause de la difficulté de faire arriver jusqu'à eux des chemins de fer à travers la Souabe, la Suisse et le Piémont. Mais nulle part le péril n'est aussi manifeste, aussi grand que sur notre frontière du N. E. Là un réseau formidable, convergeant à Mayence et à Manheim, par une infinité de rameaux, versera dans ces villes le tribut de la coopération militaire de toutes les parties de l'Allemage. Comme Saarlouis et Landau seront elles-mêmes bientôt en communication directe par rails-ways avec le reste de la Prusse et de la Bavière dont elles dépendent, il ne reste à la Lorraine pour arrêter une aggression, que d'être rapprochée de Paris afin de puiser dans ce cœur de la France les ressources nécessaires pour conjurer un danger possible, sinon imminent. L'ouverture de cette frontière, son rapprochement de la capitale l'insuffisance des deux places fortes qui l'avoisinent, nécessitent donc l'établissement immédiat entre Paris, Nancy, Metz et Strasbourg, d'une ligne de fer, déjà sollicitée par des intérêts commerciaux importants, par une circulation active de voyageurs entre Paris et l'Allemagne.

Espérons que le gouvernement, que les chambres appelées incessamment à prononcer dans la grave question des chemins de fer, sauront éviter que cette sérieuse discussion ne dégénère en débat de mur mitoyen. Fideles à la voix d'une conscience éclairée, les représentants de la France voudront sans doute envisager l'intérêt de l'État dans sa plus haute signification. Tous sentiront que le travail qui féconde le sol et engendre la prospérité a besoin avant tout de la force qui protége et fait respecter. Le patriotisme des anciens avait ses abus, en voulant tout absorber; évitons l'excès inverse et n'allons pas croire que la meilleure politique soit de pousser la confiance jusqu'à l'aveuglement. La philantropie dans son application, doit s'arrêter aux limites de la nationalité, car la passion de la paix universelle est une illusion aussi dangereuse peut être qu'une soif insatiable de conquêtes.

Imprimerie de Moquet et Hauquelin, rue de la Harpe, 90.

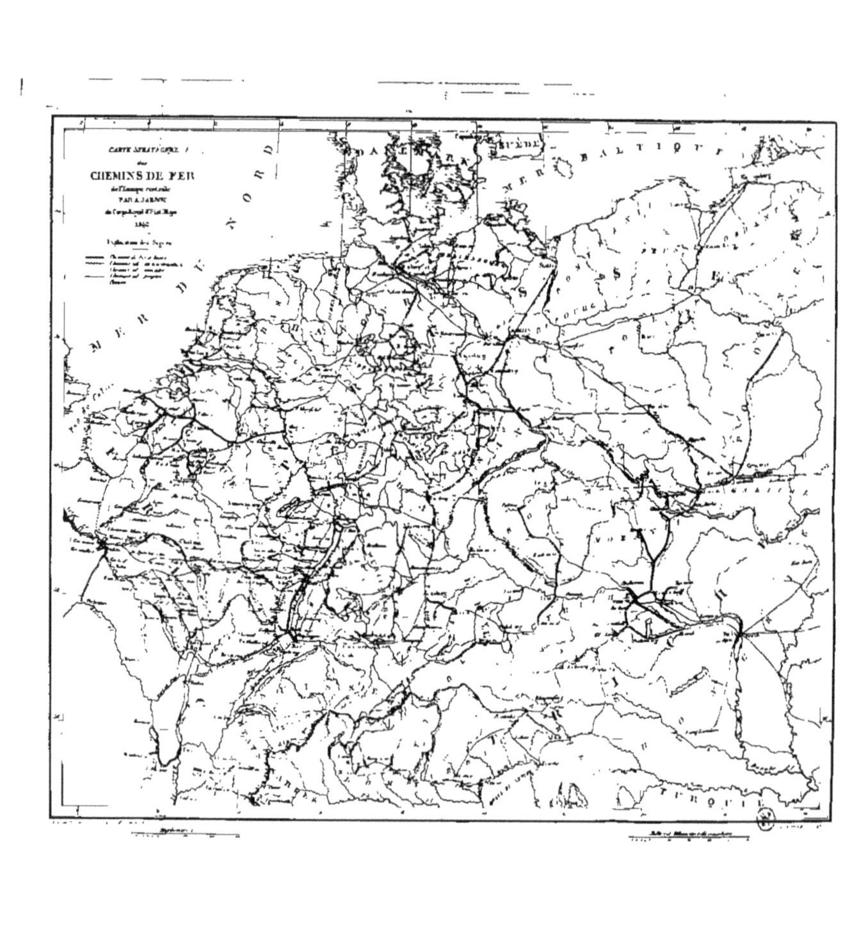
CHEMINS DE FER

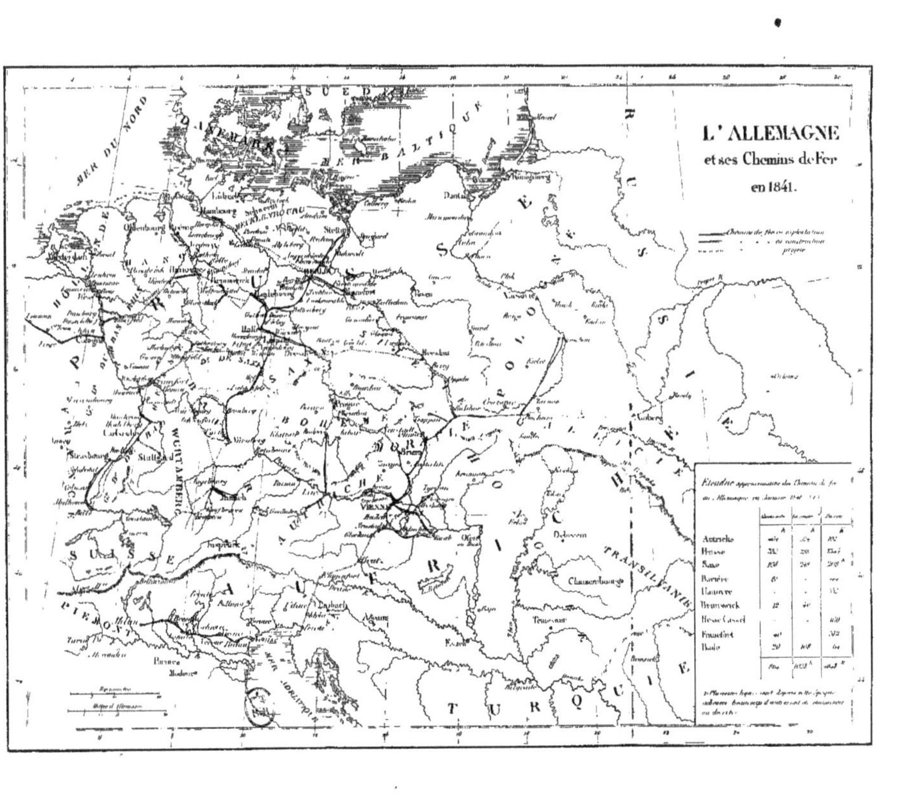

L'ALLEMAGNE
et ses Chemins de Fer
en 1841.
MER DU NORD
MER BALTIQUE
SUEDE
DANEMARK
RUSSIE
POLOGNE
BOHEME
MORAVIE
AUTRICHE
WURTEMBERG
SUISSE
PIEMONT
HONGRIE
TRANSILVANIE
TURQUIE
Hambourg
Lubeck
Oldenbourg
Stettin
Dantzig
Königsberg
Hanovre
Brunswick
Magdebourg
Halle
Cologne
Strasbourg
Carlsruhe
Stuttgard
Munich
Vienne
Brünn
Debreczin
Clausenbourg
Temesvar
Laybach
Milan
Etendue
Autriche
Prusse
Saxe
Bavière
Hanovre
Brunswick
Hesse Cassel
Francfort
Bade

Table des matières.

OUVRAGES DE M. JARDOT,

QUI SE TROUVENT

CHEZ LENEVEU, rue des Grands-Augustins, 18,

ET GAULTIER-LAGUIONIE, rue et passage Dauphine, 36.

RÉVOLUTIONS des peuples de l'Asie moyenne, influence de leurs migrations sur l'état social de l'Europe. 2 vol. in-8°, avec carte et tableau synoptique. Prix : 16 f.

STATISTIQUE MILITAIRE du département d'Ille-et-Vilaine. Brochure in-4° avec 15 tableaux.

DES ROUTES STRATÉGIQUES de l'Ouest, emploi des troupes aux travaux publics. Brochure in-8°. 5

APERÇUS GÉNÉRAUX sur les opérations du recrutement, la justice militaire, et le mouvement des pensions militaires, d'après les comptes rendus publiés en 1839 par l'administration de la guerre. Brochure in-8°. 5

DU CORPS ROYAL D'ÉTAT-MAJOR en France. Brochure in-8°. 1841.

DES CHEMINS DE FER de l'Europe centrale, considérés comme lignes stratégiques. Brochure in-8°, avec carte. 1842. 3 50

www.ingramcontent.com/pod-product-compliance
Ingram Content Group UK Ltd.
Pitfield, Milton Keynes, MK11 3LW, UK
UKHW020407230726
13925UKWH00003B/1301